Los llanos

Federico Falco

Los llanos

EDITORIAL ANAGRAMA

BARCELONA

Ilustración: foto © Federico Falco

Primera edición: noviembre 2020
Segunda edición: diciembre 2020
Tercera edición: febrero 2021
Cuarta edición: abril 2021
Quinta edición: junio 2021
Sexta edición: octubre 2021
Séptima edición: marzo 2022

Diseño de la colección: Julio Vivas y Estudio A

© Federico Falco, 2020

© EDITORIAL ANAGRAMA, S. A., 2020
   Pau Claris, 172
   08037 Barcelona

ISBN: 978-84-339-9911-5
Depósito Legal: B. 17983-2020

Impreso en Argentina

Arcángel Maggio - División Libros

El día 2 de noviembre de 2020, el jurado compuesto por Gonzalo Pontón Gijón, Gonzalo Queipo (de la librería Tipos infames), Marta Sanz, Juan Pablo Villalobos y la editora Silvia Sesé otorgó el 38º Premio Herralde de Novela a *Cien noches,* de Luisgé Martín.

Resultó finalista *Los llanos,* de Federico Falco.

Para Santi y Sole
Para Cande y Julita
Para Gonza
Para Manolo

Fue como si
[...]
el paisaje tuviera una sintaxis
parecida a la de nuestro lenguaje
y mientras avanzaba una larga
frase se iba diciendo
a la derecha y otra a la izquierda
y pensé
Quizá el paisaje
también puede entender lo que yo digo.

RON PADGETT

ENERO

En la ciudad se pierde la noción de las horas del día, del paso del tiempo. En el campo es imposible. Los ruidos del atardecer, los pájaros mientras se acomodan en sus ramas, los gritos de las loras, el chillar de los chimanguitos, el batir de alas de las palomas. Después, de pronto, calma y silencio. Se oye orinar a una vaca, un chorro grueso que repiquetea en la tierra. Otra vaca muge, lejos. El llamado de un toro, más lejano todavía. Los ladridos de algunos perros. El cielo de una noche sin luna, sin estrellas. Es hora de irse adentro. La luz blanca del zumbar del fluorescente. Preparo la cena, me doy un baño. El agua borra el sudor del día, olor a jabón barato, a limpio. Por más que me esfuerce, debajo de las uñas quedan pequeños grumos de tierra negra. Leo sentado junto a la lámpara, los bichos zumban del otro lado del tejido mosquitero.

Sapos en la galería, algún pájaro que se remueve en su rama, un tero que grita.

Afuera todo es oscuro y sin formas. La luz es cálida y suave en la cocina. En la quietud, una sensación de protección, de refugio. El ronronear del motor de la heladera.

Refresca. El silencio en la madrugada es al mismo tiempo denso y cristalino. Nada se mueve, no hay viento. Es un silencio total. No se escuchan autos, ni torear a ningún perro. Lo único, a veces, es el golpear en la tierra de las pezuñas de alguna vaca, que se acomoda y cambia de pata el peso de su cuerpo.

Parece un bloque el silencio. Si hay algo que se mueve lo hace con sigilo, con tanta prudencia que es imposible escucharlo, repta, se arrastra, escarba, cuida cada uno de sus movimientos.

Amanece. Los primeros son los pájaros, apenas la oscuridad se aclara un poco sobre el horizonte. Los gritos usuales, el embrollo que sube a medida que la luz se hace más naranja y más fuerte. Ni bien el sol ya está lo suficientemente alto como para que sus rayos se cuelen traslúcidos y parejos por entre las ramas de los árboles, aparecen las abejas. Zumban pesadas alrededor de las flores y el pasto. Las moscas, los moscardones. A medida que el calor aprieta, las vacas se azotan las ancas con la cola para espantarlas o hacen temblar el cuero.

La lucha con los insectos, con lo salvaje, con lo que viene de afuera: cosas que en la ciudad por lo general no pasan. Después de un tiempo, no queda otra salida más que rendirse: convivir con las moscas, con las chinches, con los tábanos, con las ranas que una y otra vez, siempre que pueden, se pegan a la puerta y se cuelan a la cocina.

Los viernes a la tarde, mis abuelos pasaban a buscarme a la salida de la escuela. Yo armaba el bolso. Tres pares de calzoncillos, tres pares de medias, las zapatillas viejas, una camiseta de dormir, dos o tres libros, un pantalón de jogging de repuesto, ropa para andar afuera, una muda para ir al pueblo.

Cuando era chico, y tenía siete, ocho, nueve, diez años, mi fin de semana empezaba los viernes a la tarde, en las últimas calles del pueblo, donde nacía el camino de Güero, un camino viejo, muy viejo. El viento y los años le habían ido comiendo el fondo hasta hacerlo profundo, una especie de pasadizo entre dos paredones de tierra, el cauce de una trinchera antigua, ahondada en el terreno a fuerza de ires y venires, de recorridos, de trayectos: el desgaste que producen los cuerpos.

Era una F100 con cambios al volante y yo iba sentado al medio. La camioneta se hundía en el guadal espeso y, como en un túnel sin techo, avanzaba custodiada por las dos paredes de tierra. Desde arriba, desde la superficie, caían en cascada yuyos largos y secos sobre las paredes de las cunetas.

Avanzábamos en profundidad, la bolsa de las compras entre las piernas de mi abuela: pan, carne, azúcar, fideos. Solo una rendija de los ventiletes abierta, los vidrios de las ventanillas subidos hasta arriba, para que no entrara polvillo.

En el fondo del camino, la tierra muy suelta y muy fina, movediza, casi como un talco de color gris o marrón desvaído, mucho más claro que la arena, casi del color de la tiza o del hueso seco. Y las chalas de maíz que remolineaban en la cuneta, en las épocas de mucho viento, después de la trilla.

Más adelante, en una zona donde la tierra se volvía más dura, casi tosca, el camino subía hasta correr a la misma altura del alambrado. Entonces aparecía, de pronto, espectacular, la llanura: chata, lisa, los cascotes de un potrero en barbecho, las cañas de un maizal cortadas a veinte centímetros del suelo, una tropa de vacas con la cabeza baja, husmeando de cerca los granos perdidos entre la paja y la tierra.

Para entonces la luz ya se había ablandado y era de un naranja encendido. La radio sonaba bajita. A esa hora, casi siempre, un programa de tangos, en LV16, Radio Río Cuarto. En el campo de Rovetto, alzándose por sobre la línea del horizonte, tres palmeras fénix gigantes, en medio de la tierra arada, en donde alguna vez había habido una casa de ladrillos que, poco a poco, iba desapareciendo a cada viaje, como si el viento la derrumbara lentamente, en silencio.

Al llegar al camino del ahorcado, lo alto del cielo se apagaba en un azul frío, y el abuelo encendía las luces de la camioneta. Los últimos rayos del sol teñían de naranja el chañar, a la orilla del camino, de donde se había colgado, hacía ya muchísimos años, un italiano trastornado por la guerra que se perdió una noche y creyó que las luces recién inauguradas del pueblo –lejos, apenas un resplandor blancuzco reflejándose en las nubes– eran fogonazos de cañones en un campo de batalla nuevo.

¿De qué guerra se habrá tratado? ¿Con qué guerra se habrá confundido? ¿La del 14? ¿La de Trípoli? ¿La de Etiopía?

Nadie recuerda cómo se llamaba ese italiano ni con qué guerra había confundido el reflejo de una vía blanca, de un alumbrado que no quería ser otra cosa más que progreso.

¿O es que en el pueblo era Año Nuevo y eran fuegos artificiales los que teñían la oscuridad del cielo?

Circulan varias versiones de la misma anécdota.

La belleza de tres palmeras fénix solas en medio de un potrero, golpeadas por el sol naranja del atardecer, como si fueran un póster del antiguo Egipto. Fuegos artificiales cada una de las copas. Una explosión extática. En cada hoja, las puntas verdes de una chispa expandiéndose, el núcleo amarillo limón cuando la palmera está recién florecida. De un naranja suave, cuando cuelgan ya maduros los dátiles en racimo.

El recuerdo de los faros de la camioneta iluminando el camino. La luz avanza a cada metro, come la oscuridad, a cada instante descubre una nueva huella en lo negro.

La textura de foto vieja del recuerdo. Colores lavados, ámbar, tungsteno, baquelita, loza celeste, el parpadear, el silencio subacuático de la imagen como si fuera en super-8, el murmullo de un proyector corriendo.

Una liebre muy quieta en medio del camino. El fondo de sus ojos refleja los faros y brilla en rojo. Después la liebre salta, corre haciendo zetas, trepa a la altura del alambrado, se escabulle por el potrero.

Podo el orégano, podo el tomillo, armo ramitos, los ato con piolín y los cuelgo boca abajo de un par de clavos en la pared. Calor de locos, desde la mañana a la noche, todo el día.

Cerca del aloe vera, debajo de la araucaria, encuentro la cueva de una culebrita amarilla y negra. Es un hoyito, nada más. Duerme ahí, enrollada. A veces saca la cabeza al sol. Se escabulle cuando me acerco.

Punteo y rastrillo. Preparo un pedazo de tierra y trasplanto unos pimientos. El calor no me deja seguir. El sol pega tan fuerte que no se puede estar en ningún lado. Me tiro boca arriba sobre las baldosas frías a tratar de dormir la siesta. Después voy a Lobos y compro una manguera de veinticinco metros, una cortina para las moscas, Raid, Fluido Manchester, más semillas. Al atardecer, leo bajo el roble, acostado sobre una loneta.

Por el camino pasa un hombre en bicicleta y pantalones cortos, pedaleando lento, contra el cielo de tormenta. Después truenos, pero muy lejos, apenas se escuchan. Y las nubes que solo se mueven si uno está quieto y las mira fijo mucho rato. Parecen masas de pintura pesada, densa, remolinos de óleo que chocan, se entremezclan. No llega a llover y no refresca. Hace un mes que no llueve. El campo por completo amarillo, seco.

Sol a pique. Ese silencio del mediodía, cuando todo —viento, pájaros, insectos— se recoge y se aquieta a la espera de que el calor merme. Impotencia porque no llueve. Lo único que se escucha son mis pasos sobre la gramilla quemada, sobre la arenilla del sendero y la tierra suelta.

18

En la casa, crujen las chapas y la madera del techo. El campo cargado de electricidad en el calor mustio de la siesta.

Calor de enero que todo lo quema. Las hormigas se comen la acelga. Los pajaritos se comen el resto. No llueve y lo que nació se retuerce sobre sí mismo y se seca. Solo el maíz dulce que sembré para choclo parece resistir un poco. Riego con manguera lo más que puedo, pero me gana la desazón y el fuego. Cada mañana, algo parecido a la desesperación. Me repito una y otra vez que hay un tiempo para cada cosa. Un tiempo para la siembra. Un tiempo para la cosecha. Un tiempo para la llovizna. Un tiempo para la sequía. Un tiempo para aprender a esperar el paso del tiempo.

A veces, si yo me aburría o el viaje se hacía largo, mi abuela me contaba historias en el camino. La historia de un tío Giraudo, muerto hacía muchos años, que acostumbraba usar la punta del mantel como servilleta, y para no mancharse se la enganchaba en el cuello de la camisa. Una vez almorzaba en el hotel Viña de Italia, el hotel donde siempre paraba cuando viajaba a Córdoba, y vio pasar por la vereda, del otro lado de la ventana, a otro tío Giraudo, también de visita. Se levantó apurado para llamarlo, feliz del encuentro y al levantarse arrastró con él al piso todo el mantel, las copas, la sopa, los platos, los cubiertos.

La historia de otro tío Giraudo, que estaba aprendiendo a manejar uno de los primeros autos que llegaron a la zona y se le hizo de noche en el camino. Venía con un hermano apenas más experimentado, que le daba instrucciones, las indicaciones que se le iban ocurriendo. De pronto vieron dos luces acercarse y el hermano le dijo que se hiciera a un costado porque venía un auto de frente. El tío Giraudo cedió el paso, se pegó a la banquina, pero resultó que lo que venía no era un auto, sino dos motos, una junto a la otra, cada una con su propio faro iluminando la huella.

Siguieron andando y un poco después, vieron avanzar una luz sola.

Un auto con una luz quemada, dijo entonces el hermano que hacía de copiloto y el tío Giraudo se bajó de la huella, esperó en la banquina y cuando la luz pasó a su lado resultó que no era un auto tuerto, sino una moto sola, con su único farol encendido.

El tío Giraudo no dijo nada, puso primera, retomó la marcha. No habían pasado ni diez minutos cuando otra vez vieron dos luces de frente.

¡Ahí vienen dos motos! ¡Paso al medio!, dijo el tío Giraudo dispuesto a no correrse un solo centímetro y así fue como chocaron de trompa con otro auto igual al de ellos.

Muchos años después vi el mismo chiste en una película de Buster Keaton, ¿habrá sido una coincidencia o habrá, alguna vez, llegado un proyector ambulante a Punta del Agua, a Perdices y proyectado películas en blanco y negro sobre una sábana en el patio de la iglesia? ¿Habrá visto mi abuela esa película cuando era chica y de ahí se robó la anécdota?

¿O tal vez un tío Giraudo, los únicos que tenían plata como para viajar a veces a Córdoba, o a Rosario, la habrá visto allí en el cine y tomó la anécdota como propia y al volver se la empezó a contar a sus sobrinas?

Luces en la noche, autos y motocicletas. Películas mudas como en un sueño y un explotar de risas frente al golpe, lo deshecho, lo que se parte al medio.

Después el camino topaba con la estancia de Santa María, y doblábamos hacia la izquierda, por el camino grande, el camino de Perdices, también un camino viejo y profundo, caído hacia un costado, porque por una de sus cunetas corría un canal ancho que con cada tormenta traía agua desde el Espinillal, desde el Molle, desde Puente La Selva. El campo de Bocha Pignatelli, el campo de Gastaudo. Enseguida, como surgido de la nada, y siguiendo la línea de los postes de luz, se abría hacia la derecha un camino angosto. En la primera entrada vivían Juan Pancho y Juan Jorge, unos primos de mi mamá, sobrinos de mi abuelo. En la segunda entrada, doblábamos nosotros.

Llegar de noche, las luces de la camioneta barriendo los galpones, la glicina. Las luces de la camioneta contra la pared de la cochera, cada vez más chicas a medida que nos acercábamos, cada vez más reconcentradas sobre sí mismas. El silencio y la negrura del campo al apagarse el motor por completo. El fluorescente de la cocina, el tío Tonito —un tío soltero, hermano de mi abuelo—, que ya había cenado y ya se había acostado, pero nos había dejado la luz prendida.

Dormir en la cama de una plaza que había sido de mi mamá antes de que se casara, antes de que se mudara al pueblo. La cama contra la pared, bajo la ventana. Las sábanas heladas, un poco húmedas. Temblar hasta que el cuerpo calentara las zonas donde se posaba. Quedarse quieto,

21

evitar los rincones todavía fríos. Sentirlos apenas con la punta de los pies desnudos. Retroceder enseguida.

Dormir con medias. Dormir con jogging y camiseta. Ir a hacer pis en medio de la noche, sentir el frío de las baldosas atravesar la tela de mis zoquetes.

Las cosas en la oscuridad ya no existen. Durante la noche, es como si todo desapareciera alrededor. Solo existe la casa, el interior de la casa, sus paredes blancas. La casa flotando en lo negro.

Si prendo algunas de las luces de afuera –el farol junto a la puerta del frente, la lámpara de la galería o la de la puerta de la cocina–, el radio que las luces llegan a iluminar se incorpora a mi mundo. Miro por la ventana y, a la luz ambarina de las lámparas, veo tres o cuatro metros de gramilla chamuscada y después, la burbuja de luz se adelgaza y la oscuridad se vuelve materia, toma cuerpo.

En cambio, si no prendo ninguna luz, al asomarme a la ventana los ojos, acostumbrados a la penumbra, enseguida ven formas, contornos. Los eucaliptos y el roble son volúmenes negros contra el cielo de un azul profundo pero luminoso, con apenas un salpicado de estrellas. Si no hay luces prendidas que me distraigan, la oscuridad se vuelve diáfana.

Me siento en la galería, con la luz apagada para que no vengan los bichos, y repaso mis acciones del día. Tardé en ralear los rabanitos y ahora ya están grandes, con las hojas duras. La raíz, en lugar de enterrarse, ir hacia abajo y formar cabeza, se volvió un piolín largo y colorado, rastrero. Los sembré muy tupidos, y al voleo. La próxima vez habrá que sembrarlos en línea y ralearlos enseguida, cuando todavía sean un brote. Me da pena haber puesto a nacer todas esas semillas al vicio, sin saber muy bien lo que hacía.

No nació casi nada de lo que sembré en el cantero cerca del mandarino. Ni una chinita de las semillas que me regaló mi amiga Vero, tanta ilusión que me hacían. Tampoco nacieron los girasoles. Apenas algunas escabiosas, pero ya es demasiado tarde como para que florezcan este año, si es que el calor no las quema.

Los pájaros se comieron las acelgas recién trasplantadas. Y algunas, además, resultaron no ser acelgas, sino solo achicoria que había nacido guacha. Compré una red para cubrir el cantero más grande y unas mallas plásticas que voy a usar para cubrir los canteritos de los costados. Tengo que proteger las próximas siembras. Está todo tan seco y tienen tan poco para comer que los pájaros hacen desastres. Hasta picotearon la única plantita de zucchini que había nacido.

Mientras tanto, sigo punteando, sigo armando canteros. Ahora, después de todo lo que pasó.
El sueño de un lugar donde plantar árboles para siempre. Armar un jardín que dure, que se prolongue en el tiempo. Zapiola es un ensayo general de ese sueño. Alquilar por dos años esta casa en medio del campo, rearmarse acá, atarse por un tiempo a esto. No puedo plantar durazneros ni santa ritas, ningún arbusto perenne, pero puedo intentarlo con plantas anuales, plantas de semillas, de esas que duran solo una temporada: esta, la temporada en que vivo.
No puedo tener frutales o espárragos o arbustos de frambuesa o groselleros, pero puedo tener una huerta, sembrar en otoño, sembrar en primavera.

El ensayo general de un jardín.

El ensayo general de una huerta. Un lugar donde pasar el tiempo y empezar de nuevo.

Ahora estoy cansado. La huerta cansa. Llega la noche y me duermo enseguida. No tengo energía para pensar en nada. No hay espacio para la ansiedad ni para la pena. El cansancio atonta, la tierra descarga. Para mañana está anunciado mucho calor. Voy a quedarme adentro, empezar a leer alguna novela fácil, que sea puro entretenimiento, algo que no exija concentrarse mucho. Tendría que ir a Lobos a comprar veneno para las hormigas, pero habrá que dejarlo para otro día. También tendría que aprovechar la luna para sembrar zanahorias y puerros. Será la semana que viene, o la otra, o cuando la luna vuelva a estar en menguante: de luna llena a menguante se siembra todo lo que va bajo tierra; de nueva a creciente, lo que va arriba y es de hoja; de creciente a llena, lo de arriba y que es de fruto; de menguante a nueva, no se hace nada, se espera.

Afuera amanece. Esa hora hermosa del día, ya sin rastros del amanecer polvoriento, con la luz suave de la primera mañana. Todo es fresco, celeste y turgente. En los canteros todavía se ve la oscuridad de los riegos de anoche. Ya se calmó el primer bullicio de los pájaros, y hay un silencio sereno, con cantos por encima, con zumbidos alrededor, por debajo, ruidos que apenas sirven de contraste y vuelven más presente el silencio.

Calma. Silencio.

Todavía no llovió, pero es una mañana perfecta.

24

FEBRERO

En una huerta hay dos épocas de siembra fuerte: la siembra de primavera para la huerta de verano, la siembra de otoño para la huerta de invierno. Febrero no es buena época para iniciar una huerta pero algo hay que hacer con el tiempo y no estoy dispuesto a esperar a que llegue marzo para ponerme a sembrar brócolis y repollos que solo con un poco de suerte voy a comer a finales de noviembre. Así que punteo, armo canteros, intento, pruebo. Ya es tarde para los tomates, para los zapallos de cáscara dura, las calabazas, los anquitos. Tarde para los pimientos, los chiles, las berenjenas. En cambio, zapallitos de tronco, chauchas, achicorias y lechugas pueden sembrarse durante todo el verano, siempre y cuando el calor no sea extremo. Una vez que crezcan, van a fructificar hasta que caiga la primera helada. Acelgas y remolachas también pueden sembrarse todo el año, en verano y en invierno. «Lo importante es que te mantengas entretenido», me dijo Ciro. Así que lo intento, y siembro.

En diciembre, cuando vine a conocer la casa, todavía sin decidirme a alquilarla, en la zona donde alguna vez, hacía tiempo, había habido una huerta, me encontré unos tomillos y unos oréganos leñosos, los pompones florecidos de seis o siete puerros, y, perdidas entre la gramilla alta, tres plantitas de tomates que se estiraban hacia arriba, buscando escaparle a la asfixia del pasto crecido. Eran plantitas guachas, hijos de tomates que habían caído al suelo sin que nadie les sacara provecho.

Cuando volví, los primeros días de enero, ya decidido y con el contrato firmado, los dueños habían hecho cortar el pasto de todo el predio y de las tres plantitas de tomate solo quedaba una. Las hélices de la cortadora habían terminado con las otras dos, todavía podían verse sus tallos, deshilachados a diez centímetros del suelo, pero la tercera se había caído hacia un lado y la cortadora le había pasado por encima sin tocarla, solo la había aplastado y no llegó a quebrarla. Arranqué los yuyos, despejé el terreno y le removí la tierra de alrededor, le agregué compost y humus de lombriz. La tutoré. La plantita creció. Largó más brotes, dos, tres. Tenía tan poca forma y tan poca fuerza que no me animé a podarlos y los dejé que siguieran. Y la planta siguió. Cuando me llegaba a la cintura, largó su primer racimo de flores. Ahora cuajaron ya los primeros tomates. Resultaron ser tomatitos un poco más grandes que los cherries, redondos perfectos.

Le pregunto a Luiso.

Son tomates chinos, me dice. A los dueños de la casa les había traído las semillas de China un amigo que fue allá a hacer turismo.

Enseguida los bautizo como «tomatitos chinos», y me los quedo mirando. Del racimo más bajo cuelgan seis pelotitas verdes. Del segundo, un poco más arriba, cuatro. Y la planta sigue floreciendo y estirándose.

Luiso llega todos los días a las siete de la mañana. Viene en bicicleta, la deja apoyada en la tranquera a la sombra de uno de los álamos de la cortina. Lo primero que hace es revisar las aguadas, conectar la bomba, llenar los bebederos. Todas las ovejas y las cinco vacas y tres terneritos que pastan en los potreros que me rodean son suyas. Esta casa es el antiguo casco de un pequeño campo. Yo solo alquilo la casa y el ¿patio?, ¿parque?, ¿terreno? que la rodea y Luiso alquila el resto: los potreros y un galponcito donde guarda sus cosas. El galponcito está justo pegado a la huerta, del otro lado del alambrado, así que todas las mañanas, cuando llega, me encuentra con mi taza de café, recorriendo los canteros, recién despierto. Entonces charlamos un rato, Luiso con los codos apoyados sobre el último hilo de alambre, fumándose el primer cigarrillo, yo terminando mi café de a sorbitos. Casi siempre hablamos del clima, del calor y de cuándo dicen los pronósticos que puede venir tormenta. También hablamos de mis planes para la huerta, que es un tema que a Luiso le interesa. Me relojea, pregunta cosas, me doy cuenta de que para evaluarme. Luiso no se decide a formarse un juicio: no sabe si soy un citadino que no entiende nada o si realmente sé lo que estoy haciendo.

Yo siempre hice huerta con mis abuelos, cuando era chico, le digo.

Claro, dice Luiso y asiente, como diciendo «ya veremos».

Detrás del galponcito de Luiso pasa un camino. Ahí termina el campo y, enseguida, del otro lado del camino, empiezan a aparecer entre los yuyos altos una serie de construcciones a medias abandonadas, galpones, silos, tolvas viejas, acoplados. Si me asomo por sobre el cerco de ligustrines y siempre verdes puedo verlos. Antes, hace muchos años, me cuenta Luiso, ahí funcionaba una fábrica de quesos. Ahora, toda esa parte está abandonada y más atrás, del otro lado del campo, han instalado un criadero de cerdos.

Es por eso que a la casa, cuando el viento sopla desde el sur, a veces llegan ramalazos de olor a chancho que todo lo envuelven. Olor a chancho. Olor a comida fermentada. Olor a mierda. No es algo que me moleste. En mi pueblo, cuando yo era chico, cada vez que había viento sur, el aire se llenaba del olor del criadero de chanchos de Guastavino. «Va a cambiar el clima, hay olor a chancho», comentaba entonces la gente en la panadería. «Refrescó, no viste qué olor a chancho», se gritaban unas a otras las mujeres mientras barrían las veredas.

Así que este olor me recuerda aquel, vuelve más casa esta casa, acorta el paso del tiempo.

La fauna de Zapiola (hasta el momento):

Un gato atigrado que merodea por los caminos, duerme en la leña y se acerca a la casa a romper la bolsa de la basura o lamer de la sartén de los bifes cuando la dejo afuera para que el olor no impregne la cocina.

Dos liebres que suelen dormir entre los troncos de las acacias blancas de la entrada y todas las mañanas, apenas amanece, pastan un poco en el camino.

Una comadreja que hasta ahora vi solo una vez, trepando al roble.

Una culebrita amarilla y negra.

Un montón de pájaros: chimangos, loros, y unas calandrias demasiado confianzudas, que delante de mis ojos, a unos pasos nada más de donde estoy, escarban en el cantero donde acabo de sembrar acelga.

28

Una iguana grande y vieja que vive en el cuartito de la bomba. Y otra, más chica, que vive debajo de la raíz de un paraíso seco. Y creo que hay una tercera —o una cuarta— que se esconde en la loza detrás del galponcito de Luiso, cerca de la morera.

Día de calma, día de hacer fiaca. Después de todo lo que punteé y cavé, me duelen las piernas, la espalda. Somnolencia, un ligero ardor en los ojos, las articulaciones como hinchadas, los brazos entumecidos. No me puedo sacar el cansancio de encima. Afuera sol hirviente, calor inflamable. Hasta las ortigas se secaron, ya no queda nada verde. Polvillo sobre las hojas. Olor a pasto recalentado. Solo andan las iguanas sobre la gramilla seca. Si me acerco, corren rapidísimo y se esconden. Son ágiles y un poco dinosaurias. Ni una sola nube en el cielo. Sigue sin llover desde hace semanas. No queda otra cosa más que entregarse al verano: entre el mediodía y las seis de la tarde, no se puede hacer nada. En el campo, y sin pileta, el verano es tiempo de adentro, de oscuridad fresca, de esperar que baje el sol, que llegue la hora dorada, que pasen las horas de fuego. La casa se airea solo un rato, por la mañana bien temprano, y después, ni bien levanta el calor, hay que cerrar todo rápido, para que la oscuridad atrape la frescura y la mantenga.

El placer de no hacer nada, penumbra en la siesta, leer tirado en el piso, la espalda desnuda sobre las baldosas frías. Esperar que pase el calor para, cuando anochezca, volver a abrir puertas y ventanas, rogar que corra aunque sea un poco de aire, que refresque.

Zapiola es de esos pueblitos que nunca llegaron a ser del todo. Una línea de casas frente a la estación de tren. Dos boliches/almacén, «lo de Anselmo», «lo de Zito». A lo de Zito la mayoría recomienda no ir, porque vende caro, tiene la balanza amañada y, si te ve la cara, a todo le agrega un veinte por ciento. Después, cuatro potreros desnudos, atravesados en cruz por dos calles de tierra. Seiscientos, setecientos metros solo de pastizal y yuyerío, el horizonte todo alrededor y, del otro lado, «el otro centro»: la plaza, rodeada de cinco líneas de alambre para que no se metan los caballos; la capilla con su jardín con calas, achiras y margaritas; la casa más vieja del pueblo, que se vino abajo hace un tiempo y ahora es solo una pila de ladrillos; un poco más allá, la carnicería de Oscar y su esposa Cristina.

Un grupito de construcciones solitarias en medio del campo, sin reparo, al rayo del sol. Un pueblo apaisado y amplio, un tanto inverosímil, más baldíos que casas, más vacío que pueblo. Como si alguien lo hubiera empezado a levantar con la intención de desplazarlo a otro lugar y luego lo hubiera olvidado allí, al sol, cerca de nada, en medio de la tierra.

¿Cuál es la diferencia entre baldío y potrero? En Zapiola es difícil saberlo.

Las calles despejadas, anchas, como indefensas ante la grandeza del paisaje, del sol que cae a pique. Los árboles no logran hacer sombra ni despegarse de la tierra.

«Lugares de mala combustión», llama Alicia Genovese a pueblitos como este en uno de sus poemas.

Luiso vive en Zapiola, frente a la plaza, en diagonal a la capilla. Todos los días viene a casa en bicicleta. Son tres kilómetros y medio, tarda veinte minutos. Yo, en cambio, al pueblo prefiero ir caminando. Si voy por el camino grande, el camino real, tardo un poco menos de una hora. Pero me gusta ir por el camino de atrás, un camino engramillado, que se usa poco. Es más alto y tiene mejores vistas, y además, como casi no pasa nadie, hay menos riesgo de terminar envuelto en una nube de tierra. El problema es que se alarga bastante. Si voy por el camino de atrás, tardo una hora y media. Los diez kilómetros de visibilidad que da la tierra antes de curvarse llenos de cielo celeste. Una nube sola, inmensa, hace sombra sobre un potrero y da la magnitud de la extensión de todo lo que me rodea.

En esos días, cuando todavía no sabía si alquilar o no la casa, una tarde lo llamé a Ciro y le pedí que nos viéramos.

¿Para qué? No hay nada nuevo que decir. No cambió nada, me respondió él. Siento lo mismo que hace un mes, que hace una semana. Vamos a terminar repitiendo lo que ya hablamos mil veces, nos vamos a volver a hacer mal.

Necesito hablar con vos. Tengo que pedirte un consejo, insistí.

Está bien, pero no vengas a casa.

No, dije yo. Nunca se me ocurriría ir a casa. No podría entrar a casa ahora, no podría soportarlo, me destruiría.

Nos citamos en un bar. Llegué diez minutos antes, Ciro llegó puntual. Por alguna razón, en esos dos meses que habíamos estado sin vernos, me había olvidado de su aspecto, de cómo estaba ahora, de la persona que él ahora era. Todo ese tiempo, todos esos días, cada vez que había pensado en él —la mayor parte del tiempo— lo había recordado como el chico que había sido cuando recién nos conocimos: apenas un poco más flaco, con menos músculos en los brazos, con más pelo y la cara más suave, menos marcados los pómulos, la mandíbula.

Verlo de golpe restituido a su edad actual me hizo sentir de pronto todo el tiempo que habíamos pasado juntos, un gran bloque de tiempo —de vida—, ahí, sobre nosotros, actuando como la gravedad sobre nuestros cuerpos. Me puso triste.

Se había comprado unos pantalones nuevos. Un modelo diferente al jean que usaba siempre. Tampoco le conocía la camisa.

Te queda bien, le dije.

Gracias, respondió él.

La vida seguía, y él quería estar lindo para otra gente.

Pedí un café. Ciro dijo que ya había tomado varios, preguntó si tenían línea Coca-Cola o Pepsi. ¿De qué necesitabas hablar?, me dijo.

Le conté que había visto esta casa en el medio del campo, que lo que pedían era irrisorio, que estaba pensando en alquilarla.

Quiero hacer una huerta, dije.

¿Y tus talleres?

Suspendí todo, no tengo ánimos.

Ciro me miró apenas un instante.

Es una locura, dijo. Una completa locura. ¿Qué vas a hacer solo ahí todo el día?

Voy a tener una huerta, alimentarme con lo que coseche. También quiero tener gallinas.

Ciro movió la cabeza de un lado hacia otro.

La única contra, dije, es que no tiene teléfono. No llega la señal de celular, para comunicarse hay que ir hasta el pueblo.

Ciro volvió a girar la cabeza hacia un lado y otro.

Vos lo que tenés que hacer es alquilar un departamento lindo, sentarte a escribir, terminar esos cuentos que tenés empezados, armar un libro nuevo, dijo.

Ahora no puedo. No sabría cómo. Algo se rompió. No entiendo más nada. Ya no me sale escribir.

No está bien que hayas dejado los talleres, dijo Ciro. Tenés que dar más grupos, armar algún curso. Eso te gusta, lo disfrutás. Tenés que hacer algo que te guste y que te mantenga entretenido, que te ayude a no enredarte, a ocupar el tiempo.

Revolví el café, me quedé callado.

Necesito rearmarme, ver cómo seguir, dije después.

¿Y de qué vas a vivir?, me preguntó Ciro.

Nuestra casa, dije. Yo puse plata para las reformas, para construir nuestra habitación, el escritorio, el piso de arriba.

No te la puedo devolver ahora.

Lo que puedas, dije. Aunque sea una parte, me vas depositando todos los meses.

Para salir del paso durante esas primeras semanas, unos amigos me habían prestado un departamento que tenían para alquilar. Era un departamento de muchos ambientes, en un piso alto, un poco viejo pero con mucha luz y una vista abierta a la ciudad, mucho cielo. Ellos hacía un tiempo se habían mudado a una casa en un barrio de las afueras. En el departamento casi no había muebles. Un colchón en el piso, una olla, una pava eléctrica. Dos o tres veces por semana me llamaba alguien de la inmobiliaria y me avisaba a qué hora pasarían al día siguiente. Yo les abría la puerta y escuchaba siempre al mismo muchacho recitar metros cuadrados, alabar la amplitud de los placares y las bondades de la calefacción por caldera. Casi siempre mostraba el departamento a la hora de la siesta, o en el almuerzo, casi siempre a mujeres solas que inspeccionaban la ducha, abrían y cerraban cajones, preguntaban por dónde salía el sol, por dónde se ponía, si el departamento era muy caluroso en verano, si por las ventanas no entraban chifletes.

Tendría que venir a verlo en otro momento, con mi marido, decían.

También vino una chica sola con un bebé en brazos. Miró todo muy por arriba. Solo preguntó cuánto se pagaba de expensas. No mencionó al novio, ni al marido, ni a su pareja. Se quedó un rato largo parada frente a la ventana, mientras le acariciaba la cabeza al bebé. Después quiso saber si ese era el precio final o si se podía rebajar.

Me gusta pero no me alcanza, dijo.

El muchacho de la inmobiliaria le respondió que todo se podía conversar. Le preguntó si tenía buenas garantías, buenos recibos de sueldo.

Pero la chica no pareció escucharlo. No dijo nada. Volvió a girar hacia la ventana. Acunó al bebé y le susurró cosas por lo bajo como si el bebé se hubiera largado a llorar y necesitara calmarlo, pero el bebé estaba muy quieto, en silencio. Fue una situación incómoda. Con el muchacho de la inmobiliaria intercambiamos miradas.

¿Es tuyo?, me preguntó después la chica y con las cejas señaló las paredes, las ventanas, todo el ambiente.

Yo hice que no con la cabeza.

¿Quién vivía acá?

Unos amigos, dije.

Se debe vivir bien acá, dijo la chica.

No es mío, volví a decir.

La chica asintió otra vez.

Deben haber tenido una linda vida, dijo.

Tierra en la piel, tierra en el pelo, polvo en las orejas, en los labios, en la nariz, en los dientes. Los mocos que se ponen duros y negros. El maizal. Las hojas del maíz rasposas, lacerantes y ásperas como lijas. El picor de la gramilla en la espalda, en los brazos, en la nuca, cuando uno se tira sobre el pasto seco. La boca seca, los ojos secos, la piel seca. Lagañas. Las moscas cargosas que se posan todo el tiempo sobre la piel e insisten. Los mosquitos, los tábanos. La naturaleza exige esfuerzo.

Amanece. Y de pronto, en un momento, entre las sombras largas que forman los árboles y la casa, la luz deja de ser de un dorado cálido, envolvente, y se vuelve blanca y muy dura. En las manchas de sol, el rocío se seca al instante. El amanecer termina sin que uno pueda precisar exactamente en qué momento ya es completamente de día. El cielo, por el oeste, tiene un celeste claro, vibrante. Celeste crema, celeste de jarrito enlozado, celeste azulejo. Antes de las ocho de la mañana ya sube la temperatura.

Baja presión, mucho calor. Las hormigas se comieron la achicoria que recién había empezado a brotar. Desaparecieron dos de los tomatitos chinos, los que estaban más bajos, uno ya a punto, casi del todo rojo —iba a ser el primer tomate de la temporada—, y otro todavía verde. Sospe-

35

cho que se los comió una iguana aunque no tengo pruebas. Mal humor en este atardecer pesado. Silencio espeso, de esos de justo antes de una tormenta, pero dicen que por lo menos hasta el domingo va a hacer mucho calor y no hay ningún pronóstico de lluvias. Ánimo hecho un enredo. Transpirado, pegajoso.

Otro día de mucho calor y mucho viento. No calmó en ningún momento. Todo más que seco. El viento brama en las ramas de los eucaliptos, lastima la luz blanca de la siesta. Calor imposible estos últimos días. Las hormigas se comen la achicoria y todo lo que encuentran, los pajaritos se comen la acelga, la lechuga no nace, los rabanitos no forman cabeza.

Sequía. Es de lo único que se habla. Hace más de dos meses que no llueve. «Harían falta cien milímetros y que caigan despacio», dijo hoy un hombre en lo de Anselmo, mientras yo compraba detergente, unas aceitunas, queso.

Con cada viaje al pueblo, voy delimitando la pampa lentamente. De a poco aparecen hitos que compartimentan el paisaje y me ayudan a nombrarlo: la casa abandonada con el árbol que le crece por dentro (que enseguida le da nombre a ese caminito: el camino de la casa abandonada). El criadero de pollos, el bañado de los patos, los hornos de ladrillo, el montecito de álamos plateados, el campo ese, contra las vías, que está todo tan lleno de árboles que parece un bloque de bosque cortado con cuchillo y transportado a la pampa, como si fuera una porción de bizcochuelo, un bosque en rectángulo.

El viento lame el camino grande, acumula el polvo contra las cunetas. Es media mañana, vuelvo caminando del pueblo, un par de bifes y un paquete de azúcar en la mochila. Lo más difícil es siempre cómo nombrar esas ráfagas espiraladas, esos humitos de tierra que el viento desprende del guadal mientras lo pule y lo acomoda. ¿Torbellinos? ¿Pequeños tornados? ¿Tornaditos?

Después, cuando el viento se calma, en la cuneta, a la orilla de las huellas, quedan unas minidunas estriadas imposibles de describir. Como médanos pero en fotos satelitales. O como la arena de ciertas playas, cuando baja la marea. ¿Cómo se llaman esas ondas de tierra? Duran apenas un rato y no son nada que nombre alguna palabra que exista.

En el suelo aparecen unas grietas gruesas como dedos y con casi cinco centímetros de profundas. Hace días que las vengo viendo, zigzagueando por entre la gramilla, cerca del paraíso, de la galería, en el frente de la casa. Pensaba que eran túneles de hormigueros abandonados a los que, por alguna razón, se les había derrumbado el techo. Se lo comento a Luiso.

No, me dice. Es la tierra que se agrieta por la seca, se cuartea.

Para toda la semana que viene anuncian temperaturas siempre arriba de treinta grados, con máximas de treinta y siete, treinta y ocho, treinta y nueve.

Mañana voy a preparar algunos almácigos en maceta, para tener en la galería y cuidar más de cerca, con acelga, puerro y cebolla de verdeo.

Me paso las tardes regando y nunca es suficiente. No es buen tiempo para hacer nada. Con la sequía y las altas temperaturas aparecen mil plagas y todo se hace cuesta arriba. Hormigas, pájaros, orugas, bicherío por todos lados. Algo mordisqueó el maíz ya alto, y lo cortó a la mitad. Por más que están bajo media sombra, las lechugas sembradas hace casi tres semanas no avanzan, quedaron chicas, ralas, vegetan ahí, sin fuerza. Entre ayer y hoy, de nuevo las hormigas les dieron una buena tunda. El sol quemó la mitad de las acelgas y las hormigas se comieron la otra mitad. Había sobrevivido una, que medía casi quince centímetros. Hoy desapareció por completo, ni rastro de dónde había estado. ¿Los pájaros? ¿Las hormigas? Tengo que esperar que pase lo peor y vengan mejores tiempos.

Calor fuera de todo límite, seca histórica. Me encierro a planificar siembras, dibujar croquis de la huerta, la disposición de los canteros, sueño con instalar un sistema de riego por goteo y armo todo el plano de por dónde deberían pasar los caños, cada cuántos centímetros disponer los aspersores, cuántos codos debería comprar, cuántas uniones en T, cuántos metros de caño negro. Qué lindo planificar. Los problemas empiezan cuando la realidad me topa con sus olas de calor, sus hormigas, sus pestes.

Desde la casa se ven las estelas de polvo del camino grande, cada vez que pasa una camioneta a toda velocidad. Las nubes de polvo se levantan y se levantan, crecen, flotan sobre los potreros. El sol quema cualquier cosa que emerja sobre la superficie de la tierra. Por las noches apenas refresca.

Durante esas primeras semanas en el departamento prestado, yo apenas si dormía. Un par de horas, como mucho, cada noche. Sueños entrecortados, intermitentes. Daba vueltas en mi colchón hasta tarde, me levantaba, iba al baño, chequeaba el teléfono, leía un rato, miraba desde el balcón las pocas ventanas iluminadas de esa hora, lejos, volvía a acostarme, probaba a hacer ejercicios de respiración, contar hacia atrás, quedarme muy quieto. Mi mente rumiaba. Pensaba una y otra vez lo mismo. Todo lo que había salido mal, el no entender qué había pasado, el no entender por qué. Todo lo que tenía que hacer: cancelar las tarjetas de crédito y las cuentas conjuntas en el banco, pasar a nombre de Ciro los servicios que estaban al mío. Cambiar el domicilio. Desafiliarme de su obra social.

Poco a poco la luz del nuevo día se colaba a través de las persianas. Muy de tanto en tanto empezaban a escucharse los ascensores. A las cinco y cuarto el primero. Después, más cerca de las seis, gente que abría y cerraba puertas, pasos rápidos por las escaleras. En el departamento de al lado funcionaba una oficina y a las seis y media llegaba la mujer de la limpieza. Podía escuchar claramente sus movimientos a través de las paredes. El ruido de los platos al entrechocarse, canillas que se abrían, el correr del agua, la aspiradora y su zumbido.

Todos los días iba a desayunar al mismo bar. Era un bar un poco pretencioso, un bar más de señoras que toman el té que de otra cosa, pero era el único que abría a las siete y quedaba cerca y el café era bueno.

A esa hora casi no había gente, podía sentarme siempre en la misma mesa y la moza me traía mi café sin que tuviera siquiera que pedirlo. Llevaba conmigo un cuaderno de tapa dura, y escribía. Durante horas, sin parar, sin levantarme ni siquiera para ir al baño, escribía hasta que notaba que alrededor ya todas las mesas estaban ocupadas y había bullicio, gente que entraba y gente que salía. Entonces pedía la cuenta y volvía al departamento a ver cómo el sol se movía en recuadros oblicuos sobre el parquet desnudo de las habitaciones, del pasillo.

Nunca releí ese cuaderno. Está ahí, en una caja que quedó cerrada, con el resto de mis cosas, sobre el tablón que armé para que fuera mi escritorio y que tampoco uso.

Con letra furiosa, apretada, rápida, cada mañana repetía sobre diferentes hojas una y otra vez lo mismo. Mis lamentos, mis quejas. Los por qué a mí, por qué esto. Lo que yo consideraba que podía ser mi culpa, lo que consideraba era culpa de Ciro. Cosas que quería decirle cuando lo viera, precisas transcripciones de nuestras escasas conversaciones por WhatsApp. Los largos mensajes que le mandaba y que Ciro no respondía. O solo respondía a veces, una única línea: «Es tarde. Esto nos hace mal a vos y a mí. Cuidémonos. No te enrolles. Andá a dormir.»

¿Sos escritor?, me preguntó una mañana la moza y señaló el cuaderno.

No sé, le respondí.

Ella se largó a reír.

¿Cómo no sabés? ¿Sos o no sos?

No sé, volví a decir.

¿Y entonces qué escribís?

Me encogí de hombros.

Antes era escritor, dije.

Aquí el paisaje predomina sobre todo, todo lo contamina, todo lo invade, todo es paisaje. Incluso a la hora de la siesta, con la casa cerrada y a oscuras, es imposible olvidarse. Incluso sin abrir los ojos, incluso dormido, el círculo del horizonte alrededor nunca deja de sentirse.

Ese gran espacio vacío.

Aquí no hay lugar para posar los ojos. Cualquier eucalipto, cualquier poste de luz se agradece porque ayuda a fijar la vista. El mundo es tan amplio que pareciera que no hay nada que ver: solo cielo, solo potrero, siempre iguales a sí mismos.

Al esforzarse en el plano detalle es cuando empiezan a aparecer las individualidades, las pequeñas diferencias. Si se clavan cuatro estacas en el suelo y con un piolín rojo se delimita un cuadrado perfecto de un metro por un metro, todo lo que hasta apenas un instante antes era yuyo empieza a separarse y tomar cuerpo: pasto bola, gramillón, pata de gallina, verdolaga.

Y hay algunos yuyos que no tienen nombre, o se los desconozco. Pero no importa. Es como si con solo mirarlos los bautizara, como si con eso bastara para empezar a reconocerlos.

Aquí el paisaje todo lo domina y, estos días, el paisaje es el de la sequía.

«Te acordás de Monica Vitti diciendo: No puedo mirar el mar por demasiado tiempo o lo que sucede en la tierra deja de interesarme», pregunta Anne Carson en uno de sus libros. Dejo el libro boca abajo, sobre la gramilla, y pienso.

No, no me acuerdo. Vi esa película hace décadas, en un cineclub, ni bien llegado a Córdoba, apenas me había escapado del pueblo. Vivía en una pensión, cerca del Hospital de Clínicas. Había conseguido un trabajo en una empresa constructora, tenía que sacar viejos documentos de los estantes, abrir las carpetas, los archivos, uno a uno fotocopiarlos, rotular las carpetas nuevas y volver a acomodar la original donde siempre había estado. A la tarde iba a la universidad. Me había anotado en dos carreras: Filosofía y Letras. Estudiaba todo el tiempo, y si no estudiaba, leía. Cualquier nota menor a nueve me avergonzaba, me hería en mi propio orgullo. Apenas si conocía a un par de personas en la ciudad, todavía no tenía amigos, casi no hablaba con nadie. El cineclub se llamaba El ángel azul. Iba todas las noches y apenas llegaba de regreso a mi cuarto anotaba en una libreta el nombre de la película, una sinopsis detallada, y hacía un pequeño análisis de su estructura: primer acto, segundo acto, tercer acto. Puntos de giro. Trama principal y trama secundaria. Resolución. Conflictos.

Con todas las novelas que leía hacía lo mismo: quería entender cómo se contaba una historia, cómo se organizaban las escenas, cómo se les daba sentido.

Quería escribir pero todavía no me sentía preparado.

Me parecía que antes de empezar necesitaba saber más, estudiar, aprender un montón de cosas antes de intentarlo, antes de decir yo escribo.

Primer acto: subir el personaje a un árbol.
Segundo acto: tirarle piedras.
Tercer acto: bajar al personaje del árbol.
La definición de estructura del guionista de Casablanca.

El camino del héroe: la misión de cumplir una meta que parece imposible, con la ayuda de amigos y simpatizantes, superar pruebas en el camino, vencer a los enemigos y aprender y transformarse para llegar al enfrentamiento final, donde todo lo aprendido en el camino ayuda –y se vuelve vital– para triunfar.

La comedia romántica: Chico conoce chica / chico pierde chica / chico recupera chica y viven felices para siempre.

El ascenso social – la búsqueda de la felicidad: De pobre a millonario / de millonario a pobre de nuevo / de pobre a millonario por segunda vez, pero ahora habiendo aprendido a vivir bien, como, por ejemplo, en la Cenicienta.

El extranjero/extraño que llega a un pueblo es percibido como una amenaza, sufre el rechazo inicial, se vuelve a) la fuente del terror y venganza en la comunidad –el monstruo / b) la fuente de la sanación y la sabiduría – el chamán o el catalizador del cambio.

El viaje a tierra extraña y el regreso después del viaje. El protagonista es enviado a un país lejano –real o de fantasía– donde vivirá aventuras y aprenderá nuevas formas de ver y hacer en el mundo y regresará a su lugar de origen, viejo y sabio, para compartirlas.

El triángulo amoroso. La venganza. El amigo traidor. Los amores imposibles. Enfrentar a la sombra. El monstruo que vive dentro del protagonista. El punto medio de la trama que preanuncia el resultado del enfrentamiento final. Si en el punto medio el protagonista siente que todo está perdido, es porque en el clímax va a triunfar sobre los malos. Si en el punto medio el protagonista se cree en la cima del mundo, es porque será humillado en el último capítulo o en el último cuarto de película.

Me daba miedo escribir, me daba miedo no ser tan bueno –tan original, tan entretenido, tan interesante, tan inteligente– como suponía que tenía que ser, como yo quería.

Estaba desesperado por ser alguien. Desesperado por leer una reseña en el diario que dijera mi nombre y a su lado mencionara la palabra «genial».

Que la leyeran en Cabrera, que la leyeran en mi pueblo.

«No puedo mirar el mar por demasiado tiempo o lo que sucede en la tierra deja de interesarme», decía Monica Vitti.

Yo ahora solo quiero mirar el horizonte, la llanura, fijar los ojos en la distancia, que me inunde el campo, que me llene el cielo, para no pensar, para que lo que sucede en mí deje de existir todo el tiempo.

Un día fuimos a comprar una mesa para el living. Era una mesa usada, la compramos por Mercado Libre. La cargamos al auto, la trajimos a casa, la pusimos frente al sillón. Acomodamos sobre la mesa un par de libros, algunos adornitos, recuerdos de nuestros viajes: un cuenco de cerámica con caracoles, una piedra de las sierras, una planta en un cesto de hilo.

Cuando terminamos, nos sentamos los dos en el sillón, levantamos las piernas y las apoyamos sobre el borde de la mesa.

Era algo que hacía mucho tiempo queríamos hacer. Tener una mesa en el living donde apoyar las piernas. Yo miré a Ciro, sonreí y me apoyé sobre su hombro. De pronto, sentí su cuerpo ponerse rígido, incómodo. Me alejé. Volví a buscarlo con la vista pero él ya no me devolvió la mirada. Algo había ensombrecido el aire.

¿Estás bien?, le pregunté.

Te quiero mucho, pero ya no puedo más, dijo él.

Entender traería algo de alivio: una cadena lógica de acciones, un relato, algo que lleve a un clímax, un enfrentamiento, una crisis, una historia donde las motivaciones de los personajes sean evidentes.

Eso es lo que faltó. Eso es lo que no está. Nada que lleve al tercer acto. Ningún punto de giro que explique.

Esa noche, a la madrugada, me levanté, bajé por la escalera. La casa estaba a oscuras. Ciro no dormía, podía escucharlo dando vueltas en el sillón.

No puedo creer que esto sea cierto, dije parado ahí, a mitad de camino, en uno de los escalones del medio.

No puedo creer que una pareja como la nuestra se separe así, como si no hubiéramos sido más que noviecitos adolescentes, dije. Que no haya manera de volver atrás, de hablar, de intentar nada.

Ciro giró apenas en el sillón, levantó un poco la cabeza.

Cómo no pudiste verlo. Cómo no viste las señales, dijo.

¿Qué señales? ¿Cuándo? ¿Qué dijiste que no escuché? Esta tarde fuimos juntos a comprar una mesa. Ayer estuvimos casi cuatro horas mirando juntos mesas en Mercado Libre.

Ciro se quedó callado. En la penumbra no podía verle la cara.

Yo el duelo ya lo hice antes, dijo después.

Durante los primeros meses, a todos les repetía que Ciro me había dejado, que no entendía por qué, que había sido una decisión repentina, que pidió que me fuera de la casa —de nuestra casa—, que esa noche él durmió en el sillón, que a la mañana siguiente me lo pidió de nuevo:

De verdad, por favor, andate, no quiero más esto. Andate ya.

No nos separamos, nos separó él.

Necesitaba decirlo así. No podía contarlo de otra manera. Me daba vergüenza haber sido también responsable, yo también haber desoído, no haber dado lugar.

Me atormentaba, porque ese no escuchar también me hacía culpable.

Los mensajes a cualquier hora, los mensajes de ¿cómo andas?, de ¿en qué andas?, que en realidad significaban ¿querés hablar?, ¿querés volver? Los mensajes que él dejaba sin responder.

Las madrugadas pensando qué le diría, por qué, para qué.

Todos los mails que escribí y no le mandé.

«No hay nadie más indeseable que aquel a quien se deja de desear.»

Eso soy yo para Ciro, alguien a quien se dejó de desear.

A veces siento que nunca voy a entender qué nos pasó. Y que si lo entendiera, se acabaría la pena y todo esto quedaría atrás.

A veces siento que lo entiendo, que lo entiendo perfectamente, pero igual duele.

Y a veces pienso que hay cosas que nunca se llegan a entender, que quedan ahí, flotando a nuestro alrededor, dispuestas a atacar en cualquier momento.

Que la pena no se acaba, se aleja solo por unas horas, unos días, después toma por sorpresa, inunda, revuelca, que hay que aprender a vivir con eso.

Un cuerpo apenado, ¿cómo se escribe?

Ahora hace calor también adentro de la casa. Y también hace calor de noche. No se puede hacer nada. Es martes y, según el pronóstico, hasta el viernes van a seguir las altas temperaturas. Solo queda esperar. El sol quema todo en la huerta, en el campo. Agobia, aprieta el pecho. No tengo ventilador. Las cosas se achicharran, hay un gran silencio, todo es muy blanco. Son casi las seis de la tarde y sigue haciendo calor. La tierra cocida, la tierra desnuda, la tierra que se parte en grietas. La naturaleza no da cobijo. En estos días, Zapiola no es un lugar que contenga, que nutra. Zapiola se ha vuelto lo áspero, lo exigente. El campo no cede, tortura.

Sequía y llanura. La naturaleza se impone. No se puede luchar contra ella. Hay que entregarse a sus disposiciones. Entregarse a lo que los días traigan. A veces la naturaleza parece castigo, involución. Solo genera dejadez, desidia.

Voy al pueblo a comprar carne. Los cortadores de ladrillos trabajan a pleno rayo del sol. A cada lado una retroexcavadora que ruge mientras socava, una y otra vez sus brazos arañan el fondo de los pozos y levantan cascotes, paladas inmensas de tierra.

Han prendido un horno y el humo que escapaba en fumarolas del gran bloque de adobe quemándose puede verse desde lejos: una mancha oscura, entre gris y blanco sucio, que se despliega en abanico sobre el cielo demasiado celeste, sin una nube.

A la vuelta, me cruzo a Luiso que viene de casa en bicicleta.

¿Va a llover?, le pregunto señalando algunas nubes hacia el norte.

No creo. El sol entró limpio.

¿Y aquellas de allá?, digo y señalo unas nubes todavía más chiquitas, al sur.

Esas puede ser, hay que ver si se arma. Dan para la madrugada, dice Luiso.

Pero quince por ciento de probabilidades, nada más, le respondo yo, que aproveché que en el pueblo tengo señal y acabo de mirar el pronóstico en el teléfono.

No va a llover ni una gota, pienso.

Hay que esperar, dice Luiso. A lo mejor, con un poco de suerte...

Veremos, digo.

Veremos, dice.

Al final, no llueve.

Amanece nublado. Con el fresco, de nuevo me dan ganas de hacer cosas. Sembré un par de líneas de rabanitos, poniéndolos profundo, a un centímetro y medio, a ver si así logro cosechar alguno (y estamos con luna en cuarto menguante, deberían formar cabeza). También sembré berro y trasplanté más acelgas. Protegí las siembras nuevas con las mallas de plástico y las acelgas con botellas cortadas cubiertas con rectángulos de media sombra. Sembré una línea de puerros y otra de remolachas. Puse los mimbres como parantes, arqueados y clavados en la tierra, funcionan a la perfección para sostener la media sombra. A las diez de la mañana, el cielo se ha despejado por completo y el sol se vuelve inclemente. De nuevo me empiezo a amargar. Quedan seis o siete horas de calor extremo, de pájaros acechando, de hormigas, de seca.

Todavía no aprendí a entregarme a los ritmos y traspiés de una huerta.

Afuera solo andan las iguanas y las víboras. Apenas si sobreviven bajo la media sombra los rabanitos y la rúcula. Lo mismo las acelgas trasplantadas, protegidas con botellas. También cubrí con media sombra los almácigos de puerro y de remolachas, aunque sospecho que no van a nacer. Lo único que se ven más o menos bien son los pimientos. Lánguidas y cachuzas las plantas de zapallitos. Las chauchas y los tomates, detenidos.

El pasto está seco, los cardos están secos, los yuyos del camino. Todo está seco y estático, a punto de arder, a punto de partirse.

49

Bajar el nivel de ansiedad, ser paciente. Ya van a pasar estos calores, estas olas de calor, ya van a venir días calmos, días lindos.

Tenía intención de empezar a escribir un cuento, uno de los que la separación dejó a medias, pero al final me ganó la fiaca, el para qué, el no vale la pena. Me senté, releí un par de párrafos, ¿quiénes eran esos personajes?, ¿por qué me habían parecido interesantes?, ¿por qué me importaban sus peripecias?, ¿qué me convenció de que hacía falta sentarse y contarlas? Otra vida. Restos de otra vida.

Calor extremo. Una tormenta blanca sobre el horizonte pero todavía no viene. Sopor y mucho silencio en la hora de la siesta. Cimbran los tirantes. Cruje el techo.
Baja presión.
Cuando me levanto, la tormenta cubre todo el cielo sobre mi cabeza. Nubes pesadas, de un azul oscuro, morado, verdoso, en zonas casi negro. Mucho silencio y arriba, muy alto, más arriba de las nubes, todavía, truenos como un lejano correr de muebles.
Si llega a llover, va a caer piedra, pienso.

Saco una reposera y me siento debajo de los eucaliptos, a mirar el campo, el bañado lejos, un bosquecito de acacias negras y álamos plateados casi al fondo, las hojas de los álamos moviéndose en el viento contra el fondo ominoso del cielo.
No sé de dónde brotan un montón de pajaritos pequeños. Tienen el tamaño de un gorrión y se parecen a los gorriones, pero no son gorriones. Es una bandada inmen-

sa. Vuelan en círculos, en eses, describiendo patrones irregulares. Desde las ramas de los eucaliptos cientos vuelan al mismo tiempo hacia la oscuridad sobre el potrero, hacen una voltereta, planean, pían, aletean en zigzag, describen ochos en el cielo, círculos, curvas cerradas, abiertas. Un gran embrollo de pajaritos que después, casi todos al mismo tiempo, dejan el cielo vacío y vuelven a asentarse en las ramas más altas, sobre mi cabeza. Una y otra vez: excursiones al aire caliente de justo antes de la tormenta, como si estuvieran haciendo una danza ritual, dibujando en el aire un hechizo, trazando un conjuro con las líneas arbitrarias de sus vuelos.

¿Es una ceremonia para protegernos del granizo?, ¿para invocar la lluvia?, ¿para evitar que llueva?

Después de un rato, los pajaritos se calman, la tormenta se aleja hacia el este. El cielo queda gris y pesado, nubes bajas, calor húmedo. Ya no parece posible que lleguen a caer ni cinco milímetros.

No se puede controlar una huerta y eso a veces me exaspera. La huerta no crece de mi deseo, sino de su propia potencia, la potencia de la semilla, y se da en medio de accidentes.

Con la escritura pasa más o menos lo mismo: a veces, al escribir, tenía la ilusión de que controlaba el texto pero en realidad todo se daba de una manera en que casi me excluía: brotaba lo que podía en medio de mis propios accidentes, mi neurosis, mi cansancio, mi vagancia, mi temor a qué van a decir, ¿se aburrirán?, qué van a pensar de mí, mi miedo a que no les guste, a que cierren el libro a la mitad y no sigan. Son traspiés no tan diferentes a la sequía, o el viento, o el granizo. Atacan el germen. Los textos crecen en medio, son modelados y lastimados por mí mismo. Algunos no sobreviven. Otros, no cuentan con mi ayuda. A algunos no los puedo ayudar a ser, no sé cómo escribirlos.

Estar con otro es difícil. Estar con otro es un trabajo, un esfuerzo. Entender, o no entender, o tratar de entender. Lo que uno piensa que uno es. Lo que el otro cree que uno es. Los deseos y las ganas propias. Los deseos del otro. Las ganas del otro. El trabajo del otro y el trabajo de uno. El trabajo en equipo: el trabajo, la pareja, la amistad, la vecindad. Desgaste, malentendidos, entredichos. Lo que no se ve, lo que no se escucha, lo que no se quiere ver, lo que es tan terriblemente doloroso que uno prefiere no saber.

¿Elegí escribir porque es algo que puedo hacer solo? ¿Porque puedo controlar todo lo que sucede dentro del mundo de la historia, en ese pequeño universo?

La trama y la intriga como una manera de entretener, de hacer compañía. Una manera de estar con el otro pero no darle la palabra, no escucharlo, no hacer el esfuerzo de tratar de entenderlo.
Yo el duelo ya lo hice antes, dijo Ciro. Cerró el libro. Decidió no seguir.

«Escribir es una manera de expresar nuestra necesidad de contacto. O nuestro miedo al contacto», leo rodeado por el calor de la tarde en un libro de Olivia Laing.

Entregado a aceptar lo que la naturaleza impone. Sus tiempos, el clima, la sequía. A las nueve de la mañana la temperatura ya está arriba de treinta y cinco.

Apagado por el calor. Un par de veces salgo a darme manguerazos con el agua helada de la bomba. Una calandria atontada avanza sin rumbo y de a saltitos por la gramilla, boquea con la cabeza hacia arriba, el pico abierto como si fuera una ve corta, pidiéndole algo al cielo. Me da la sensación de que se va a caer muerta en cualquier momento. Despacio, tratando de no asustarla, abro la canilla, dejo que salga agua de la manguera y que forme un charco en la gramilla. La calandria se queda un rato sentada sobre el césped mojado, como empollando. Después picotea, escarba en la tierra. Al rato, levanta vuelo.

Luiso me cuenta que, en el pueblo, por el calor, a una mujer se le murieron dieciocho pollos. Otra, que tiene el gallinero al rayo del sol, largó todas las gallinas a la plaza, para que se fueran debajo de las plantas y buscaran solas el fresco. Va a estar un rato largo para volver a juntarlas, pero por lo menos no se le murieron.

Y un hombre que cría conejos tuvo que pasarse toda la tarde tirando baldazos de agua sobre el techo de las conejeras, pero logró salvarlos. Solo se le murió uno, que ya venía medio enfermo.

El sol entrando como un disco naranja perfecto y enorme detrás del pastizal amarillo. A pesar del calor, en la calma del atardecer, el paisaje me parece hermoso. El mismo paisaje todo el tiempo: el mismo paisaje para pampas y ranqueles, para los colonizadores, para Hudson y su familia de ingleses perdidos en Sudamérica, para los que tendieron las vías, para los inmigrantes italianos, vascos, para los que construyeron la capilla y plantaron los árboles de la plaza, para los que instalaron un tambo en la década del cuarenta y se fundieron en la del setenta, para los que en la dictadura vinieron a esconderse acá a un rancho cualquiera hasta que pasara lo más fuerte, para los que se compraron una casita de fin de semana en donde rescatar a los hijos del cemento.

El mismo paisaje siempre. El pastizal crece, se estira, fructifica en espigas, cae, muere, vuelve a nacer de semillas. La naturaleza siempre igual a sí misma. Llanura por kilómetros y kilómetros. Llanura por décadas y décadas. Llanura por siglos, por milenios.

¿Qué hago yo solo acá?, ¿qué va a pasar ahora?, ¿qué hago con mi vida? Hiervo unas chauchas, me pongo a ver un poco el calendario de siembras. La casa está ordenada y limpia, es una noche pesada, no corre aire, no refresca. El calendario y los planes (imaginar canteros, imaginar huertas, imaginar futuros, planificar y armar castillos) me distraen y la angustia pasa.

Los diferentes modos de nombrar en diferentes idiomas.
Ese *killing time* de los ingleses. El abismo que separa «pasar el tiempo» de «matar el tiempo».

Ese separar conceptos y tener una palabra para *solitude* y otra para *loneliness*.

Termino de cenar y escucho unos ruidos afuera. Me asomo a la ventana y por el camino veo alejarse las luces de la camioneta del vecino de los chanchos. Ahora sí, estoy completamente solo en el medio del campo. Entonces vuelve el malestar, la incomodidad. Aparece el miedo. Hace calor, las sábanas están pegajosas. No puedo dormir con la ventana abierta. Se me ocurre que podría entrar alguien, pegarme con un palo, golpearme. ¿Quién podría escuchar mis gritos? Apenas si duermo, cualquier ruido de afuera, cualquier crujido de muebles, o chirriar de las chapas del techo, mientras se distienden, me despierta enseguida y me ponen alerta. Hasta que a las tres y media de la mañana, empieza a refucilar detrás de los eucaliptos.

Media hora más tarde, llega por fin la tormenta y refresca. Por un momento parece que va a ser solo un chaparrón, pero después la lluvia se vuelve mansa y pareja.

Ahora son las ocho y media y sigue lloviendo. Alivio. El pasto reverdece frente a mis ojos. Me preparo un café.

Luiso está en el galpón, con la radio prendida.

Anoche a las once la luna ya mostraba agua, me dice.

¿Cómo es eso?

Cuando la luna tiene como una bruma alrededor, un halo, es que muestra agua, me explica.

Ahora está fresco y llueve. Llueve despacio en la mañana azul. Brillan como barnizadas las hojas de los árboles, empapados de agua los colores se intensifican.

Sigue lloviendo.

Llueve calmo, llueve fino.

MARZO

La cocina a leña, el tupper con quesos y chorizos arriba de la mesada de granito, el hervidor con leche recién ordeñada. Olor a café quemado. Desayuno. El tío Tonito que arrastra las alpargatas por el piso. Las baldosas verdes con rayas blancas, rayas con ondas, como de cebra, ya gastadas, percudidas por años y años de repetir los recorridos. El cajón de la leña. La sonrisa del abuelo.

¿Qué hacés ya despierto?, me pregunta para decirme buen día.

La abuela todavía está en la cama. El abuelo va y viene por el pasillo, de la cocina al dormitorio, cebándole tres o cuatro mates antes de que se levante. Ella los toma de costado, acodada sobre un brazo, en camisón, el pelo de a ratos caótico y de a ratos aplastado por el sueño. La cara hinchada, los restos de la noche en los ojos, en las mejillas, en los pliegues de las arrugas.

Apenas vestirse, lo primero es tender las camas. Cada uno de un lado de la cama grande: entre la cama y la ventana, el abuelo; entre la cama y el ropero, la abuela. Las sábanas ondulan en el aire, se reflejan en el espejo de la cómoda,

57

se estiran. La mano sobre el cochón, la palma corriendo, con un movimiento rápido la abuela las alisa. Una frazada, la otra, mullir las almohadas, desplegar el cubrecama, que caiga hacia los costados, de cada lado el mismo largo, que quede parejo.

El tío Tonito sale a recorrer en la vieja Ford celeste. Yo voy sentado a su lado. Algunos perros atrás, en la caja de la camioneta. Otros, corriendo junto a las ruedas. El Cacique, cuando yo era muy chico. Un collie parecido a Lassie pero mañoso, altivo. Una vez me mordió una pierna. Después, más adelante, el Colita y el Manchita, perros cualquiera nomás, cruzas, cusquitos hallados por los caminos, ratoneros.

El tío Tonito maneja muy despacio, los perros tienen tiempo de entretenerse con cuevas de peludos, con liebres, con perdices que se alzan rasantes en vuelo. Recorremos el borde de todos los alambrados. Controlamos que durante la noche no se haya cortado ningún hilo, que no se haya escapado ninguna vaca, ningún ternero. No sé si es una actividad estrictamente necesaria o solo una manera de ocupar el tiempo. El tío Tonito no habla. Recorremos el campo en silencio, cada uno perdido en sus propios pensamientos. No sé qué mira el tío Tonito en los surcos, en las plantas, en las vacas, qué cambios identifica, qué significan para él esos cambios, esas pequeñas alteraciones, movimientos. Yo no presto mucha atención. Se me escapa el significado de los recorridos. No se me ocurre que detrás hay un por qué, un para qué. Para mí no es más que un ritual, una rutina vacía de sentido. Algo que hay que hacer todos los días.

Los perros a veces ladran. Nunca, en todos los años

que recuerdo, faltó una vaca, ni encontramos ningún alambre cortado, ningún poste caído.

Los saltos del camino, el andar encabalgado de la camioneta sobre los surcos, sobre los cascotes, el temblar de los vidrios en las ventanillas, en el piso de chapa un pedazo de suelo que se ve a través de un hueco. Las lechuzas que nos miran paradas sobre un poste y giran la cabeza para seguir nuestros movimientos. Entre las chalas del maíz un correr de ratoncitos. Las sombras de los chimangos oscureciendo el cielo.

Después, cuando volvemos, un par de mates junto a la cocina a leña y la gran segunda tarea matutina: recorrer el monte y los gallineros aferrado a la manija de una lata donde ir juntando los huevos frescos.

Es como una búsqueda del tesoro. El tío Tonito me da instrucciones: que me agache y me fije debajo del cajón de la sembradora, que me escurra por entre el cañaveral y busque contra el alambrado, que me asome al tronco abierto de un paraíso viejo, al interior quemado de un eucalipto, ahí siempre ponen, en el fondo hay un nido, que me trepe al molino y busque debajo de la bomba, o detrás de la pila de leña, o entre los fardos, o entre los rollos de alambre viejo.

Y bajar triunfante del molino, del paraíso, del eucalipto, un huevo caliente entre las manos.

Poco a poco el balde se llena.

Ya pasaron los grandes calores, el verano afloja de a poco. Casi ni se nota, pero declina. Es la época de las semillas. Flotan en el aire los plumeritos de los cardos, se van lejos, se desparraman, se desarman.

A los dientes de león semillados mi abuelo los llamaba panaderos. A mí me gustaba soplar con furia esas pequeñas bombas de pelusas, hasta que se deshacían por completo y flotaban a la deriva.

Se acerca el otoño, ahora viene la estación más linda para la huerta. Ya cambió la luz, solo en la hora de la siesta sigue siendo demasiado blanca y fuerte, una luz que se refleja en la tierra y obliga a entrecerrar los ojos, achicar las pupilas.

Día hermoso. Fresco y húmedo después de la lluvia. A la tarde voy al pueblo en bici. A la ida, tomo el camino de atrás, el de la casa abandonada y el bosque en rectángulo. A la vuelta, paso enfrente de los hornos de ladrillos y tomo el camino real, hasta el criadero de pollos y después el camino vecinal, estrecho y acosado de yuyos que lleva a casa. Las huellas de los autos que pasaron esta mañana impregnadas en el barro húmedo de la calle. Las huellas del tractor que un tambero usó para sacar un acoplado de leche son casi zanjas. Muchos charcos y una ligera capa de barro que se incrustaba en las ruedas de la bicicleta y hacía el andar pesado, difícil.

Uno de los zapallos de tronco que sembré en enero ya formó sus primeros zapallitos. Tienen el tamaño de una bolita de paraíso, pero van creciendo.

Se levanta apenas un poco de viento. Un benteveo usa el bebedero de las vacas como pileta. Primero hace un par de vuelos rasantes hasta que por fin se zambulle entero. Se sacude las plumas parado sobre un poste. Con el pico se las acomoda, se acicala.

Me pongo a arrancar la segunda camada de rabanitos, para tirarlos, porque se han ahilado todos y quiero sembrar lechugas en ese cantero, cuando me encuentro con una sorpresa. Debajo de la raíz roja y acordonada que sobresalía como cinco centímetros del suelo, aparece un rabanito. Enseguida empiezo a sacar más y más. Al final, de un cantero que creía completamente perdido, casi la mitad han formado cabeza. Veinte rabanitos en un cuenco renuevan mi esperanza y mis ganas de hacer cosas en la huerta. Rabanitos superpicantes. Rabanitos de verano, alimentados con agua de manguera. Rabanitos de la seca.

Las chauchas que sembré y a las que les preparé unos altísimos sostenes con cañas e hilo para que se treparan tranquilas, resultaron ser chauchas enanas. Estaba preocupado porque no crecían y hoy vi que ya están llenas de flores, a algunas incluso ya les cuajaron chauchitas. Se ve que confundí los sobres de semillas. Las plantas son bajas, no me llegan ni siquiera a la rodilla, pero parece que van a rendir bastante. Y el sostén ahí, esa estructura extraña, cañas clavadas en la tierra como ves invertidas, como parantes de carpas de indios, levantada en medio de la huerta, al puro vicio.

El aire diáfano y fresco de un atardecer después de un día de tormenta.
Atardecer glorioso, grandes vistas, abanicos de nubes blancas, casi como espirales disolviéndose entre el anaranjado y el celeste, clima fresco.

Acá cada día empieza con el vecino poniendo en marcha el tractor, a las seis y media de la mañana, para irles a dar de comer a los chanchos, y con el estruendo de los pollos en el criadero, lejos, en la esquina del camino real. Es un estruendo sordo, remoto, apenas un murmullo como de mar con gaviotas, que de a poco se va calmando, hasta que solo quedan en el aire los gritos de los chimangos y de los teros. Los días de viento ni llega a percibirse. Tardé en darme cuenta de que eran los pollos. Creo que a esa hora alguien les debe levantar las cortinas que cubren por los dos lados los largos tinglados llenos de jaulas. Y que, con la luz repentina, los pollos despiertan y cacarean. O tal vez es solo que a esa hora les dan de comer. El criadero es un misterio para mí. Es el único momento del día en que los pollos se escuchan. Son pollos blancos, parrilleros, gordos. Si paso caminando al frente apenas puedo entreverlos detrás de una línea de casuarinas. A veces aparecen plumas blancas contra el alambrado de la huerta, como si el viento hubiera remolineado con ellas y las hubiera dejado ahí atrapadas, como regalos, como ofrendas.

A las siete llega Luiso, puedo verlo desde lejos, avanzando con la bicicleta por el camino. Yo me preparo un café y me llevo la taza a la huerta. Charlamos un rato. Me cuenta las novedades del pueblo, lo que se dice del clima. Le pido opinión sobre las hormigas, sobre las lechugas.

Aprovecho el fresco y uso las primeras horas del día para trabajar en la huerta. Ayer armé un cantero nuevo y le hice el borde con unas baldosas viejas. Le puse compost y arena para que la tierra quedara bien suelta y sembré ahí las zanahorias y los ajos y un poco de espinaca, a ver qué pasa con eso. Era una mañana tranquila, con un lindo sol que no llegaba a ser caluroso. No había viento. Silencio. Trasplanté todas las aromáticas al cantero nuevo. Los repollos y los kales nacieron perfectos y ya se asoman casi un centímetro por sobre el borde de las bandejas. También los brócolis y los coliflores. La achicoria que sembré antes de la lluvia nació rala y, a lo poco que nació, se lo volvieron a comer las hormigas. La próxima vez, voy a intentar sembrarla en surco.

Almuerzo cualquier cosa, de parado, junto a la cocina. Como directamente de la olla y dejo que los platos y los vasos sucios se acumulen en la pileta y los lavo una vez a la semana, como mucho. A la tarde, trato de dormir la siesta. A veces, paso un rato frente a la compu revisando archivos viejos. Si no, leo, salgo a caminar o vuelvo a la huerta.

Hoy sembré espuelas de caballeros y caléndulas en el cantero nuevo. También trasplanté acelgas y las raquíticas plantas de lechugas que sobrevivieron a la seca y sembré algunas más directo en la tierra, entre los dos surcos de ajos. Ya no hace tanto calor, así que decidí que a partir de ahora voy a dejar de sembrar las lechugas en *plugs* y las voy a sembrar en líneas, bien tupidas, para después ir raleándolas de a poco. Comeré las más chiquitas como lechuga *baby* y, mientras tanto, les voy dando lugar a las que queden, para que crezcan a lo ancho y se expandan.

Cuando terminé con las lechugas, prendí el calefón y me di un baño bien caliente. Después me llevé la reposera bajo los eucaliptos y me puse a mirar cómo el cielo cambiaba sobre el horizonte: del celeste al púrpura, al naranja, al turquesa. Más tarde, desde abajo, empezó a brotar una franja de otro celeste, un celeste más apagado, ya casi del color de la noche. Las hojas de los eucaliptos estaban muy quietas. Solo se escuchaba gritar a veces a los loros, acomodándose en sus nidos, y cuando los loros por fin se callaron, el chillido largo de los chimangos, llamándose unos a otro mientras planeaban sobre mi cabeza.

La humedad de la lluvia todavía dura impregnada en la tierra y sube desde el pastizal, la podía sentir, en los brazos, en la cara, en las piernas. El aire fresco hinchaba mis pulmones, me rozaba las mejillas.

Al final, hacia el oeste quedaba una franja de fulgor naranja pálido, pero ya no se distinguían las cosas, los árboles y sus ramas se habían vuelto una masa negra que apenas contrastaba con el azul que se oscurecía por el este.

Me dio frío y entré en la casa.

La reposera durmió al sereno.

Novedad de hoy: afuera, en el camino, florecieron las cortaderas. Sus penachos blancos al viento, moviéndose apenas.

Cuando la comida estaba lista, yo era el encargado de poner la mesa y correr a llamar al abuelo y al tío Tonito. Nos sentábamos siempre igual. El tío Tonito en la cabecera, la abuela y el abuelo frente a frente. Yo al lado del abuelo.

El tío Tonito hacía unos pocos comentarios sobre el campo. El abuelo asentía con la cabeza, la abuela contaba algo que había escuchado esa mañana en la radio. Hablaban en piamontés cuando hablaban cosas de grandes y no querían que yo entendiera.

No era curioso sobre sus conversaciones, ni siquiera prestaba atención. Cuando pasaban al piamontés me quedaba ahí quieto, callado, cortando el pollo o la carne en pedazos cada vez más chiquitos, pensando algo, o imaginando historias para contarme a mí mismo.

El tiempo pasaba sin siquiera agitarme.

No sé qué hacía con el tiempo. No lo recuerdo.

Juntar el mantel, ir a sacudirlo afuera, poner las sillas boca abajo sobre la mesa.

La abuela lavaba los platos, el abuelo secaba, a mí me tocaba barrer el piso.

Las sillas de nerolite blanco. Los anillos dorados en las patas de caño pintado de negro.

Barrer siempre en el mismo orden, empezar desde la despensa hacia el centro. Volver a empezar desde la puerta de entrada de nuevo hacia el centro. Barrer debajo de las reposeras plegables que funcionaban como sillones, barrer bajo la ventana con mosquitero y cortinas verdes, barrer bajo la cocina a leña. Correr el cajón de la leña, barrer, volver a acomodarlo.

El montoncito de basura que nuestros pasos habían generado durante la mañana sobre el piso verde y blanco, con rayas como de cebra.

La despensa llena, el estante alto, arriba de la máquina de coser. Los plumeros colgados del perchero. Plumero de plumas, plumeros de flecos, plumeros de tiras de retazos. La heladera Siam verde. La cortina mosquitera. Las tiras de la cortina de plástico ondeando en el hueco de la puerta. El ladrillo de hierro para mantener la puerta abierta, como una especie de pedal o zócalo, con una hendidura y rendijas gastadas por el tiempo.

Mientras la abuela pasaba el piso, yo tenía que llevarle la basura a las gallinas. El sol del mediodía llenando la quinta inmensa. El cantero con cebollas. Las azucenas donde desagotaba el lavarropas. Las achiras. El agave. Los ciruelos. Las chauchas desmadradas, trepándose a los sostenes de caña, al alambrado, a los rosales. Los marcos de hierro con alambre tejido para proteger de los pájaros la achicoria, la lechuga. Los ajos. El peral y el duraznero, el romero, el burrito, el cedrón, la planta de granada, el laurel gigante, sus hojas siempre como sucias de negro, pegajosas y cubiertas de tierra. Un montón de acelga sembrada al voleo en invierno. Una mata de hinojos. En el verano, sandía para dulce y un zapallar gigante, extenso, entre verde y amarillo. Las gatas siempre pariendo gatitos ariscos a la sombra de sus hojas grandes como boinas, como alas de sombrero.

Tirar el tacho de basura por sobre el alambre tejido. Las gallinas vienen corriendo sin necesidad de que las llame. Cáscaras de papa, cáscaras de huevo, medios limones exprimidos, huesos de costeleta, huesos de puchero, una peladura de naranja larga que riza un rizo y se retuerce. Las gallinas escarban entre las barbas de choclo, y cloquean, cloquean, miran con un ojo, miran con el otro, buscan tesoros con el pico. El latir del corazón alerta se les replica en el cuello. Las crestas romas y muy rojas, apenas un poco caídas, ladeadas.

Las únicas palabras en piamontés que alguna vez aprendí (ni siquiera sé muy bien cómo se escriben, solo cómo las oía sonar):

Engambará
Sgonfiar

Sbranar
Fía
Cien
Fioca (Ñoca)
Girín
Brundular
Vichoca, bachoca
Fiap
Magún
Babacio
Bunumas
Andoma (Anduma)
Farfujiar/furfuiar
Badòla.

Ayer fui a Lobos y compré cuatro pollitas. Son gallinas ponedoras, quería gallinas de campo y averigüé por todos lados, pero en el pueblo ya nadie tiene. No me quedó otra opción más que comprar ponedoras en la semillería. Ya están bastante grandes, me dijeron que en dos meses van a «romper postura». En cuanto «rompan» hay que dejar de darles alimento para pollito bebé y empezar con la mezcla para ponedoras.

Hay muchos que les empiezan a dar antes, para apurarlas, pero arruinan al animal, me explicó el vendedor.

Estas gallinas están modificadas genéticamente, me dijo. No se acluecan, pero podés hacerlas pisar por un gallo y el huevo sale bueno, después se lo ponés a otra gallina y vas a tener pollitos.

Traje las cuatro gallinas en una caja. Cuando llegué al campo ya era mediodía. Encerré las gallinas en el cuartito del gallinero, comí algo y me acosté a dormir la siesta. En un momento, entredormido, me pareció escuchar un alboroto afuera. Al principio creí que era el chillar de los chimangos remontando el viento, pero después me desperté del todo y me di cuenta de que eran las pollitas. Corrí a ver qué pasaba. La iguana grande se había metido al gallinero y arrinconaba a las pollas contra las chapas. La iguana movía la cola en ese, como si fuera un cocodrilo, y las pollas, asustadísimas, se subían una encima de la otra, piando desesperadas en medio del volar de plumas y aletazos. Busqué un palo, pero en cuanto me vio, la iguana se trepó a la chapa y se escurrió por un agujero a la altura de mi rodilla y se escabulló por el pasto. Corría con un correr prehistórico, un correr espástico, la cola zigzagueando, superveloz hacia uno y otro lado. La perseguí mientras iba a toda velocidad en dirección a la pila de leña, pero fue más rápida, llegó antes y ya no hubo manera de encontrarla ni hacerla salir.

No sé si se quería comer las pollas o si buscaba huevos. Metí las gallinas en una caja y me las traje adentro de la casa. Esta noche duermen conmigo.

Tapé con una chapa el hueco por donde se había metido la iguana. Solté las pollas en el gallinero y parecen estar bien. Igual, sigo intranquilo. Trabajo en la huerta y cada diez minutos voy a chequear que no pase nada. Me acuesto a dormir la siesta y apenas si pego un ojo. Todo el tiempo el oído atento a los ruidos.

A la mañana, muy temprano, el rocío descubre las telarañas finísimas entre los tréboles y las gramillas que rodean los zapallos. Son como una gasa, pequeña e intrincada.

Los zapallos no fructifican, florecen mucho pero no cuajan. Los yuyos les ganaron la batalla y los rodean y los aprietan, las flores emergen apuntando hacia arriba. Nublado.

La remolacha nació toda despareja, el perejil no brota, el cilantro está raleado, la rúcula se llenó de pústulas blancas en el envés de las hojas, del cantero entero de papas brotó solo una, a las acelgas se las comieron los pajaritos. Me apeno, me desespero.

Quisiera que todo fuera más simple, traer las gallinas, que pongan huevos. Tirar semillas, que broten todas, que los canteros se armen perfectos, que no haya contratiempos.

Pero no, hay que esperar a que las gallinas crezcan, protegerlas de la iguana, de la comadreja, rezar para que sobrevivan, esperar dos, tres, vaya uno a saber cuántos meses. Hay que acostumbrarse a que la mitad de las siembras fallen, a que no llueva, a que las plantas se enfermen, a que aparezcan bichos.

Intento fumigar los zapallos con agua de diatomea, pero el pulverizador se tapa una, dos, tres veces. Los odio, odio los zapallos, odio el pulverizador. La vida se vuelve pesada y negra. Todo me sale mal, todo es una mierda. Les tiro el agua así nomás, que se jodan los zapallos, que hagan lo que quiera, que se los coman los estúpidos bichos verdes.

Me enojo con las plantas, como si me lo hicieran a propósito, como si ellas tuvieran la culpa.

Un montón de pequeñas cosas que me ponen de mal humor. El mundo está hecho de contratiempos y cosas que no funcionan y fracasos en la huerta y lamentaciones.

¿Por qué simplemente no puedo conformarme con estar acá, con tener una huerta? Las hormigas se comen las acelgas, bueno, salió mal, ya sembraré de nuevo, vendrán otras estaciones, estoy empezando...

No. Quiero todo ya. Todo ahora. Todo crecido. Todo perfecto. ¿Para qué? ¿Para quién?

Bajar la ansiedad. Bajar la ansiedad.

«La vida está hecha de trivialidades», dice Barbara Pym en una entrevista que leí ayer.

La opción, por supuesto, no es «no me va a ganar a mí esta mierda», ni es «todo es un fracaso y nada sirve», sino que debería ser algo en la línea de «paciencia, es la primera vez, estoy aprendiendo, ya vendrán otras huertas, ya pasará la sequía, etcétera, etcétera, etcétera».

Paciencia, paciencia. Ya pasará. Paciencia.

Tatuármelo en el dorso de la mano para verlo siempre.

Hay cosas que sí funcionan: las chauchas enanas fructifican y fructifican y vuelven a florecer. Cosecho todos los días, de a puñados. La cosecha de dos días acumulada sirve para una buena ensalada con huevo duro. El tomate sigue creciendo y da más flores y ya hay tomatitos maduros. Ayer corté dos y hay otros dos para mañana. Y para la semana que viene ya está pintón otro racimo.

«La casa es tan parecida a mí que es como hablar conmigo mismo. Mi propia compañía me aburre», leo en un libro sobre Cy Twombly.

¿Es parecida a mí esta casa de Zapiola? Es una casa vie-

70

ja, de los años treinta o cuarenta. Tiene una cocina oscura que mira al este y apenas recibe un poco de luz de sol a la mañana muy temprano. Una especie de living o recibidor, con una salamandra, una ventana cubierta con una mampara de vidrios repartidos, una puerta ventana que mira al camino. Dos habitaciones. El dormitorio, al sur, es el lugar más fresco y húmedo de la casa. El segundo dormitorio, donde instalé mi escritorio y toda mi biblioteca, recibe el sol de la tarde desde la siesta hasta que anochece. Ahí es donde supuestamente debería estar escribiendo un cuento en este mismísimo momento, y en cambio estoy acá, tirado en el sillón, garabateando rápido estas notas en mi cuaderno.

La primera vez que entré a esta casa, la sensación que tuve fue la de entrar a la casa de alguna tía abuela. Un lugar acogedor, cálido. Lo más lindo son los pisos de la cocina y el living: calcáreos que forman dibujos de rombos, en tonos marrones y ocres, un viaje directo a esos pisos de casas que en mi infancia ya eran reliquias. Por lo demás, como toda casa vieja, los cimientos no tienen capa aislante, desde el suelo sube humedad por las paredes, manchas amarillas que lentamente se expanden en el blanco, revoques descascarados, arenilla que cae junto a los zócalos sueltos.

Recorro la casa de un cuarto a otro y mi mente pingponea enrollada sobre sí misma, pensando siempre las mismas cosas, deteniéndose en los mismos errores, las mismas penas, lo que podría haber hecho para que todo hubiera sido diferente, etcétera, etcétera, etcétera.

«Un animal demasiado solitario se come a sí mismo», dice Sara Gallardo.

71

Por momentos, siento que necesito ver gente, pero ¿quién regaría la huerta si me escapo a Buenos Aires? ¿Quién les daría de comer a las gallinas?, ¿quién pondría veneno para las hormigas?, ¿quién espantaría los pájaros a la hora de la siesta? Y además no podría. ¿A quién ver? Terror de cruzarme a Ciro en cualquier esquina, que alguno de mis amigos me cuente que se lo encontró en tal bar, que está saliendo con alguien, que lo vieron hablando con un chico.

No es fácil estar solo. O volver a estar solo. Es otra de las cosas que tengo que aprender.

Cavar, puntear, arrancar yuyos, abrir surcos, llevar carretillas de tierra de un lugar a otro, buscar ramas para proteger lo sembrado, poner redes, ir al cañaveral a cortar cañas. Regar, regar, correr de un lado a otro la manguera. Volver a puntear, volver a cavar, armar otro cantero. Todo se resuelve en el hacer.

Anoche, tarde, a la madrugada, me despertó algo que se movía afuera. Ruido de chapas, movimientos. Una comadreja en el gallinero, pensé. Fui a ver con la linterna y no encontré nada. Las pollas nomás durmiendo en el piso, con el cuello encogido entre las alas y apretadas en un rincón, unas contra otras, como si tuvieran frío. Hace días que les puse un par de palos para que se suban a dormir ahí arriba, pero o todavía no pueden volar o todavía no descubrieron cómo hacerlo.

Después, volví a la cama pero ya no tenía sueño. Mil pensamientos dando vueltas en mi cabeza. En el silencio de la noche, el motor de la heladera. No lograba abstraerme y dejar de escucharlo. Cansancio y el deseo de no prestarle atención.

Me dormí tardísimo y me desperté tardísimo. Ahora son las nueve, ya tengo dos cafés encima y todavía no puedo sacarme la modorra del cuerpo. Fiaca. Pocas ganas de trabajar. Afuera amaneció un día fresco y sin nubes, pero ahora volvió a levantarse un poco de viento sur y ya se ha nublado de nuevo.

Reviso la huerta. Lentas pero seguras las zinnias están por florecer, durarán hasta que caiga la primera helada. Algo es algo. Hermosos los zapallos, siguen cargando y creciendo, alargándose. Los puerros, las escabiosas, la ruda y el ciboulette que trasplanté el otro día al cantero nuevo parecen haber prendido y no tener mayores problemas. En la bandeja de *plugs,* crecen fuertes los repollos corazón de buey y el kale Red Russian. También nacieron las lechugas. Ato a los tutores los brotes nuevos de la planta de tomatitos chinos y el olor me queda impregnado en las manos. Es uno de mis olores favoritos en el mundo entero.

Trasplanto los repollos a macetitas individuales y termino de armar el cantero nuevo. En el cantero grande, donde antes estaban las papas que nunca prosperaron, siembro habas y arvejas. Cosecho la tercera tanda de rabanitos. Mucho mejor que la primera, pero de nuevo, como con la segunda, apenas el cincuenta por ciento formaron cabeza. Sigo sospechando que es porque tenían poco sol y se estiraron para conseguir más luz.

En el cantero de baldosas ya empiezan a despuntar los ajos. La espinaca nació linda y pareja.

La planta de tomates chinos sigue dando y dando. Chauchas enanas en abundante cosecha.

Viento sur todo el día. Amaneció así, apenas si calmó un poco a la tarde y todavía sopla ahora, cuando ya se hace de noche. Día fresco, pero con sol. Secó bastante la humedad de ayer. El viento ululando entre los árboles.

Salgo a dar vueltas en bici, hasta el pueblo, por el camino del rectángulo de bosque, y la vuelta por el camino grande. Los ladrilleros desarmando un horno, cargando un camión hasta muy arriba de ladrillos. Atardecer hermoso, grisáceo, ahora sí parece un día de otoño. En el regreso, el viento en contra, la bici pesada. Y sin embargo, esa sensación de libertad, de espacio abierto, del aire en la cara, del viento fresco y el cielo azul plomizo y el sol encendido de naranja. Cansancio agradable. La amplitud de la pampa.

A veces me pierdo. Me olvido de que ahora soy esto. El andar despacio por el camino de atrás, el camino engramillado y alto, por donde nunca pasa nadie. Salir a pasear en el atardecer de una tarde hermosa. Los ruidos de todas las aves del bañado. Bichos que se mueven entre los yuyos. Silencio.

Cuando logro salirme del runrún de mi cabeza y de la obsesión por que la huerta funcione y logro mirar afuera: al horizonte lejano, a las nubes, a cómo va cambiando la vegetación en el camino, Zapiola es la calma. Algo de su afuera se refleja en mi adentro. Algo en mí se disuelve. Un poco de viento fresco. El sol que apenas pica. El canto de los pájaros. La quietud. Algo de todo esto me serena.

Tengo que dejar que el campo me llene y me enseñe. Tengo que aprender a mirar y a no tratar de imponerme.

Vivir en medio de la nada también es un poco una claustrofobia. En el pueblo o en la ciudad uno puede salir, ver al otro, entrar en contacto, olvidarse de los problemas por un rato o aunque sea encontrarse con alguien con quien charlarlos, algo de alivio. Aquí uno está solo en el paisaje.

El paisaje como espejo. En todo lo malo y en todo lo bueno.

Darse tiempo.

Puro horizonte alrededor. Y, de tanto en tanto, la línea recta interrumpida por un monte de árboles, eucaliptos, paraísos y álamos para leña. Olmos, acacias, alguna palmera.

Como cuando uno traza una línea con tinta china y un plumín viejo, la tinta se corre, se engrosa en grumos, pequeñas alteraciones, errores en lo que intenta ser horizontal, chato y perfecto: montes distantes / molinos / montículos / lugares donde vive gente.

Un tumulto alto de eucaliptos, una medialuna de cipreses y casuarinas, un cinturón de cañaverales tupidos ciñendo por detrás el monte de árboles para leña, la rueda de un molino que asoma por encima.

Los cañaverales funcionan como muralla, vuelven el casco fortaleza. Más allá de los cañaverales: potreros y pampa abierta. Y hacia adentro, el espacio seguro, la contención donde conviven casas, galpones y gallineros, los arados viejos que se herrumbran bajo los paraísos, las gallinas sueltas que escarban y arman nidos, el monte de fruta, la huerta, los agaves, el pozo de la basura, los tinglados, el tanque, los silos. El refugio y sus rutinas.

La hora de la siesta era para mí la hora de la libertad. El resto del tiempo siempre había algún adulto cerca, cuidando, controlando lo que hacía, pero en la siesta, con mis abuelos durmiendo y la casa a oscuras, cerrada para mantener el fresco, no tenía más que pararme sobre la cama, levantar muy lentamente la persiana, rogando que no hiciera ningún ruido y, después, saltar afuera.

Nunca fui travieso, no hacía nada raro, solo era un niño muy callado y miope que se dedicaba a mirar las cosas desde demasiado cerca. Recorría ese mundo contenido entre la medialuna de cañaverales como si fuera un viejo parque de diversiones abandonado: me asomaba al tanque australiano a ver si se habían caído sapos adentro; saltaba por entre los arados y las sembradoras abandonadas bajo el monte —ronchas de líquenes grisáceos, cobrizos y aguamarina salpicando los hierros herrumbrados y opacos desde hacía décadas, los yuyos creciendo entre las lanzaderas y las rejas—, uno por uno volvía a revisar los nidos de los gallineros que a la mañana habíamos recorrido con el tío Tonito; buscaba entre las bolsas de maíz molido, a ver si encontraba alguna camada de ratoncitos, me trepaba a la manga del brete, probaba a abrir y cerrar las dos grandes hojas de madera del cepo.

Daba una vuelta por los galpones, por la herrería: de las paredes y del techo colgaban formas de hierro incomprensibles, cajas, piezas de repuesto, gomas, llantas, resortes, frascos llenos de tuercas, de tornillos, de arandelas. Todo era levemente misterioso y atractivo. Me gustaba jugar solo entre esas cosas olvidadas, cubiertas de tierra, bultos acumulados en los sótanos, en galpones, en la piecita de los trastos, contra las paredes descascaradas, en pilas. Me gustaba pasar tiempo allí, revisando, imaginando qué habían sido, para qué las habían usado, quiénes habían sido sus dueños, qué historias escondían.

Para mí, el mundo exterior era puro y llano aburrimiento. En esa época, en las tardes, después de la siesta, cuando se levantaban mis abuelos, a mí me tocaba trabajar intramuros, en la huerta, punteando, sacando yuyos de entre las lechugas y las acelgas, trasplantando cebollas o puerros, con mi abuela, los dos de rodillas en la tierra. A veces, podía escuchar el rugir lejano de los tractores en los potreros, de las vacas que mugían en las aguadas, pero en general el espacio más allá de los cañaverales y los cipreses no me llamaba la atención. Las excursiones al exterior eran con el tío Tonito, nunca solo. Y no era tanto el exterior lo que me interesaba, sino ir con él, la velocidad de la camioneta, el paisaje moviéndose y desfilando lento. Esa especie de sinfín en que se transforma el horizonte visto desde una ventanilla. La procesión de potreros, callejones, bajarse a abrir y cerrar tranqueras, llamar a los perros, verlos tomar agua a lengüetazos en los bebederos.

No recuerdo en qué momento cambiaron mis gustos. No recuerdo en qué momento empecé a salir solo. Tal vez, nada más fue el paso del tiempo. A lo mejor, el descubrimiento de la llanura tuvo que ver con crecer, dejar de ser un niño.

El día en que descubrí el placer de ir más allá de los cañaverales y caminar solo por el campo abierto.

En los atardeceres de invierno, mientras la abuela planchaba sobre una frazada acomodada en la punta de la mesa de la cocina, yo dejaba atrás el cañaveral, avanzaba por el callejón, saltaba un alambrado y me dedicaba a caminar por los potreros de avena muy verdes. A campo traviesa, el verde azulino de la avena contrastando contra las nubes bajas del cielo plomizo. El viento en la cara, la vista perdida en el horizonte. Entrecerraba los ojos para que el horizonte no se me cruzara en líneas. Estaba extramuros y *by myself,* como dicen los ingleses. Una forma de estar y ser en uno mismo. Yo en el paisaje. Yo en la llanura. Sin ayuda pero también en contacto.

Era un espacio donde me podía encontrar a mí mismo. Era un espacio donde podía leerme.

El inicio de una conversación con el paisaje.

Sobre el horizonte, entre el bañado y el montecito de álamos plateados, una capa de niebla blanca asentada, como un esfumado.

La sutileza de los pájaros. Parecen todos iguales, es casi imposible verlos. Se los escucha, pero ¿cómo identificar cuál es el que canta? ¿Cómo unir el sonido a su imagen? Son fugaces, móviles. Es difícil saber dónde están. Por momentos no son más que una banda de sonido y uno ya no les presta atención: animales convertidos en ruido blanco.

Después, de pronto, se vuelven voces de fantasmas, trinos sin cuerpos, misterios entre los sueños de la siesta.

Sobre el pasto muy verde, aparece abandonada una piel de viborita seca.

Soy un hombre que toma sol sin remera. Tirado en una loneta sobre el pasto. Sol de marzo, sol de siesta. La humedad sube desde la tierra. Pasa una avioneta.

Las plantas prosperan en la huerta. Todo crece, reverdece, el sol todavía calienta pero ya no quema. Apenas un poco de viento. Un mundo de cosas muy quietas. Inmóviles. El florero lleno de zinnias. Un picaflor viene a recorrer las salvias. Las acacias negras ya tienen sus vainas: apretadas en las ramas, cuelgan un poco laxas, un poco ridículas. Todavía no oscurecieron, son tiernas, recién nacidas, color verde manzana, brillantes, casi fosforescentes. El paraíso también, pesado de bolitas nuevas. Una a una caen las hojas de la morera.

El pasto regado de las hojas secas de los eucaliptos.

Viento en la parte más alta de las copas de los árboles. Abajo quietud. Se lo siente arriba, en la punta de las ramas pero abajo nada se mueve. Solo las hojas de la palmera fénix de tanto en tanto rozando la chapa del techo de la piecita. Y el mascar de las vacas, cerca, en el potrero. Oír cómo arrancan el pasto enroscándolo con la punta de la lengua. Enrollan un puñado de pasto, tiran, mastican lento. Un par de moscas molestas.

Bichos canastos en las verbenas.
Polvo asentado sobre las hojas.
Huellas de pájaros en el guadal del camino.

No hay nada más lindo que los mails largos, con muchos apartados, mails que no parecen mails y gratuitos, sino que parecen cartas enviadas vía aérea, apretando la mayor cantidad de información en el mismo envío, la comunicación espaciada en el tiempo, espaciada simplemente porque tiene la carta que recorrer espacio.

Me gustaría poder describir mejor Zapiola. La casa. El campo que la rodea. El camino de atrás. Me gustaría contárselo a alguien que viva lejos, en otra provincia, otro paisaje, en otro país. Un mail bien largo y que quien fuera que lo reciba, leyéndolo, pudiera ver Zapiola de verdad, como si estuviera acá, como si las palabras fueran Zapiola, como si las palabras fueran esto.

Pero en la página escrita, un paisaje no es paisaje sino la textura de las palabras con que se lo nombra, el universo que esas palabras crean.

Vivir el paisaje es una experiencia primitiva que no tiene nada que ver con el lenguaje. No me enfrento a describir un paisaje a menos que se lo quiera contar a otro que no lo conoce, y en general prefiero dar solo un par de detalles, porque sé que al final es un esfuerzo imposible.

Vivo el paisaje con la vista, con la piel, con los oídos, pero no lo pongo en palabras. Ni siquiera lo intento. O lo intento solo acá, para mí, palabras clave para no olvidar. Palabras puerta que dentro de diez, quince años, cuando pase el tiempo, me abran al recuerdo de mi cuerpo moviéndose por estos lugares, a las sensaciones y sentimientos de esta época de mi vida.

Primero hay un nombrar íntimo, descuidado, bautismos como hitos para compartimentar el paisaje y domarlo: el camino de la casa abandonada, el camino del bosque en rectángulo, el montecito de álamos plateados. Formas de colonizar la pampa con etiquetas.

Solo cuando aparece el otro empezamos a nombrar de verdad. A separar el paisaje en partes. A prestar atención a qué es lo más notable, qué dos o tres elementos claves habría que mencionar para que el otro pueda reconstruirlo: categorizar, priorizar, seleccionar. Todas maneras de describir, de poner en palabras *para el otro,* para que el otro, de alguna manera, aunque sea vicaria, pueda formar parte de la experiencia.

Replicar la experiencia en el lenguaje, aunque el lenguaje no transmita la experiencia.

Que leer la descripción del caminar por el campo abierto sea como caminar por el campo abierto.

Virginia Woolf, buscando reproducir en sus oraciones el ritmo de sus paseos. Adjetivos como curvas, adverbios como cuestas, subordinadas como desvíos, asonancias y cacofonías como basura a la orilla del camino.

Misteriosamente, ese contar el paisaje que en principio parece condenado al fracaso, también termina engrandeciendo el paisaje. Intentar nombrarlo, me obliga a mirar en detalle, mirar en profundidad.

A veces, hay cosas que, si no nombramos, no existen: una determinada nube, un determinado árbol, un determinado yuyo.

Nombrar el paisaje también da un cierto/falso sentido de propiedad.

Luna en cuarto creciente. Apenas una mondadura en el cielo del oeste. Un perro ladra afuera. A las cinco empiezan a cantar los gallos.

Está fresco y, aunque recién llegamos a mediados de marzo, el día ya despunta como de pleno otoño. El pasto brillante de rocío. Durante la noche, la casa conservó el calor, y todos sus vidrios amanecieron empañados por dentro.

Fresnos amarilleando. Primero sus hojas viran al verde manzana. Después, se ponen completamente amarillas. Bolas amarillas. Es una de las cosas más lindas del otoño.

Las acacias también empezando a virar hacia el marrón.

Muchas cortaderas florecidas. Sus penachos blancos se pierden a lo lejos.

La gramilla del camino tapizada de hojas secas. La cortina de álamos de la entrada se va raleando de a poco. Ya casi no hacen sombra. Puro sol a través de sus ramas.

«Esa tristeza natural que trae el final del verano», dice en algún lugar Félix Bruzzone.

Si bien esta huerta «de enero» era sobre todo un experimento para sacarme las ganas y ocupar el tiempo, me sirvió para aprender que hay que ir con las estaciones. No querer imponerle a la naturaleza un ritmo, porque la naturaleza tiene el suyo propio.

También aprendí que la tierra aquí es dura y arcillosa y, para que todo sea más fácil, hay que agregarle mucho compost, materia orgánica y arena. Aprendí que en esta zona las papas no vienen bien, que a las plantas hay que sembrarlas cuando hay que sembrarlas, que hay que proteger todo contra los pájaros, que para las hormigas se puede

82

intentar con arroz partido pero lo único que de verdad sirve es el veneno, que a los zapallos no hay que sembrarlos en pozo sino a ras del suelo y aporcarles después el tronco, para que queden más altos que el nivel de tierra y el agua del riego no se estanque y los seque.

De nuevo los rabanitos salieron mal. Esta vez creo que porque los sembré a la sombra y se «ahilaron» buscando la luz. No formaron cabeza bajo tierra, sino que los tallos se estiraron y se estiraron, piolines fucsias, rojo fuerte.

Otra cosa que aprendí: los rabanitos hay que sembrarlos en surco, a pleno sol, con luna en cuarto menguante y ralearlos ni bien se pueda.

La rúcula también está semillando.

Con tanta humedad las hojas secas de los álamos empiezan a pudrirse en el suelo y, de ser color gris punteadas de motitas, pasan a ser marrones oscuras, casi negras.

Las hojas amarillas de la acacia caen sobre el pasto bien verde. Son láminas, como monedas que flotan y apenas arrastra un poco el viento.

Las hojas de eucaliptos caen girando sobre sí mismas, muy verticales y lentas.

Las pollitas crecen y están a medio camino entre ser pollitos y ser gallinas. Todas unas adolescentes. Tienen ya sus plumas coloradas, pero abajo, de a parches, en ciertas zonas, todavía puede verse el plumón suave y amarillo. De a poco lo van perdiendo. Mientras tanto, parecen pajarracos flacos y como con sarna, un poco raquíticos, un poco larguiruchos. Torpes y asustadizos.

Casi las nueve y no sale el sol. Niebla intensa. Rodeado de niebla. Cubierto por niebla. Envuelto con niebla. Viviendo en la niebla.

Las vacas no se enteran. No se las ve, apenas se escucha su ramoneo tranquilo, en el potrero.

Gotean los eucaliptos. El rocío se acumula sobre sus hojas, se desliza hacia abajo, cae en gotas irregulares: una acá, una allá, con un ritmo aleatorio, japonés, o sin ritmo.

Resuenan sobre el techo de chapa completamente mojado, el gris del zinc oscurecido.

Las palomas vuelan calladas. Solo se las adivina por el zumbar de alas en el aire blanco, lechoso.

Apenas si se escuchan algunos pájaros.

Los loros, todavía no. Los loros son del sol.

Se ondulan todas las páginas del libro que leo. Se doblan hacia arriba las esquinas.

No hace frío.

Telas de araña en la araucaria llenas de gotas de rocío.

ABRIL

Siesta. Olor a Raid en la cocina y el zumbar entrecortado de las moscas que se van muriendo de a poco, patitas hacia arriba, sobre el dintel de la ventana, sobre el mantel de hule, sobre las baldosas y la mesada de granito. Cierro los ojos, me quedo un rato en la cama pero no puedo aquietar la cabeza. Por más que estoy cansado, no consigo dormirme.

Me levanto, abro la compu, cliqueo el ícono para iniciar un nuevo archivo. El cursor titila solitario en la esquina superior izquierda, el resto de la página es de un blanco traslúcido y eléctrico. Afuera no corre ni una gota de viento. En la casa solo se escucha la agonía de las moscas. Es una tarde templada, de sol deslumbrante. De pronto, un ruido en el patio. Un gran crujido y un golpe fuerte que retumba en la tierra. Salgo a ver qué pasa. De la nada, se ha venido abajo una rama de eucalipto inmensa. Le arrancó algunas ramas al fresno en la caída, y por medio metro no aplastó el alambrado del corral de las ovejas.

Saco yuyos en el cantero de la entrada y siembro más rúcula, escabiosas, un poco de mostaza, cilantro, perejil, trasplanto unos puerros chiquitos, unas cebollas que se brotaron en el canasto de la cocina.

Llega Luiso y se queda mirando la rama caída.

El eucalipto es así, no te avisa, dice. En la tormenta no se cae y después, de lo bien que está, se viene abajo. A una mujer del pueblo le pasó lo mismo: se bajó a abrir la tranquera y una rama de eucalipto se le cayó encima.

¿La aplastó?

Luiso niega con la cabeza.

No, por diez centímetros, dice. Lo que es el destino, cuando te toca, te toca. Y cuando no te tiene que tocar, no te tiene que tocar.

¿Y después qué pasó?

Nada, no pasó nada, me dice Luiso. Después la señora hizo talar todos los eucaliptos.

Luiso se va a revisar el alambrado y yo me pongo a sembrar una segunda tanda de repollos, brócolis y varios tipos de kales en un par de bandejas de *plugs* y arranco con tres almácigos de lechuga nueva donde había puesto el berro que nunca nació.

Mientras siembro, pienso que si a la mujer la hubiera aplastado la rama de eucalipto, sería una historia (el comienzo de una historia, o el final de una historia, o el punto culminante en el tercer acto de una historia), pero como la rama no la aplastó, es solo una anécdota: con eso no alcanza para hacer un cuento.

En medio del velorio de mi abuelo, mi hermano me susurró al oído: pedile a Juanca que te cuente el viaje de Demarchi.

¿Qué es lo de Demarchi?, le pregunté a mi primo.

Él me hizo señas para que lo siguiera a la cocina, lejos de los grupitos de viejos que hablaban en voz baja y el collar de mujeres rezando el rosario.

Demarchi tenía una hermana que se enfermó de cáncer y se murió, me contó mi primo. Las hijas de Demarchi eran chicas y no entendían qué había pasado y se pusieron muy tristes, así que Demarchi las sentó un día y les dijo que no se preocuparan, que la tía se había ido al cielo y que desde allá arriba las miraba y las estaba cuidando.

A Demarchi la muerte de su hermana lo afectó muchísimo. Estaba mal, mal, necesitaba cambiar de aire, había días en que ni siquiera podía levantarse de la cama, entonces decidió irse de vacaciones al norte con las dos hijas y su esposa en su camioneta F100.

La F100 es tragona, gasta muchísimo, dijo mi primo, así que Demarchi fue despacio. Iban parando: Tucumán, Salta, unos paisajes, una belleza. Llegaron a Jujuy y a la esposa se le puso que, ya que estaban ahí, tenían que ir al Tren a las Nubes. Demarchi averiguó en una oficina de turismo: cada pasaje salía un montón de plata y ellos eran cuatro. ¿Para qué gastar un dineral si había un camino y con la F100 podían subir sin problema?

Se tardaba un día entero en llegar pero qué importaba, tenían tiempo. Así que salieron temprano dispuestos a subir la montaña y llegar tan alto como llega el tren. Subieron y subieron y subieron. Subieron tanto que en un momento se empezaron a apunar. A Demarchi era como si un elefante le hubiera puesto una pata encima del pecho, pensó que le iba a dar un ataque, pensó que se iba a infartar. A la esposa le empezó a sangrar la nariz. A las chicas les dolían los oídos.

Ya pasa, ya pasa, no es nada, les decía Demarchi mientras subían cada vez más alto, hasta que llegaron a una zona donde las montañas se incrustaban en las nubes y los envolvieron las nubes y estaban rodeados de nubes y de un aire húmedo y una bruma gris que podían tocarse con las manos, nomás al sacar el brazo por la ventanilla, y que de a ratos se abría y de a ratos se hacía espesa de nuevo.

¿Qué es esto?, preguntó una de las nenas.

Son las nubes, le respondió Demarchi.

Y entonces...

¿Venimos a ver a la tía que se fue al cielo?, preguntó su otra hija mientras un pocito de sangre se le empezaba a formar en el cuenco de cada oreja.

De pronto, en medio del velorio, largué la carcajada. Fue la anécdota de la tarde. A cada uno que llegaba lo arrastrábamos frente a mi primo y le hacíamos escuchar lo que le había pasado a Demarchi.

Y después del entierro, cuando volvimos a casa, todos cansados y tristes, y alguien abrió la heladera y nos pusimos a picar queso y aceitunas y sobras del día anterior y de a poco íbamos repasando el velorio, quién había estado, quién no había podido llegar, quién mandó saludos, quién estaba muy avejentado, a quién no habíamos reconocido, una y otra vez aparecía en nuestra charla la anécdota de Demarchi.

La vez que Demarchi subió en F100 al Tren a las Nubes y las nenas creyeron que iban al cielo a visitar a la tía muerta.

Una manera de hablarnos, de decirnos lo que por pudor no podemos.

Ya somos grandes. Nos daría vergüenza consolarnos

unos a otros con la idea de que el abuelo se fue al cielo, entonces nos contamos la historia de Demarchi: un modo de acompañarse, de consolarse, de aliviar el dolor y la pena.

Nos hablamos con historias, con anécdotas, con cuentos. Una forma de no hablar. Una manera de hacerse compañía.

Amanecer con niebla. El dorado del sol se difumina en el aire. El rocío revela una telaraña entre los cardos, telarañas más pequeñas sobre la gramilla.

Día de fiaca y no hacer nada y un poco aburrirse. Vuelvo a probar suerte con otro de los cuentos que habían quedado a medias. Me siento y lo intento por un rato, pero enseguida me doy por vencido. No encuentro el tono, no encuentro el narrador. Visto desde la primera oración, el cuento parece un monte terriblemente alto, algo que nunca lograré escalar, mucho menos llegar a la cima. Antes podía hacerlo, pero no ahora. Algo se rompió, todavía no estoy preparado. No estoy listo.

Llevo la reposera junto al gallinero, suelto las gallinas y me quedo mirándolas. Son gallinas que nunca vieron a su madre, que nacieron en incubadora y, sin embargo, sin tener a quién imitar, inmediatamente actúan como gallinas: sus movimientos, sus costumbres, su forma de escarbar el suelo, de alzar la cabeza, su manera de alarmarse por cualquier cosa mínima. Son divertidas y bastante estúpidas.

Después de un rato de escarbar entre las hojas secas, una encuentra un escarabajo grande, lo alza, apretado en el pico, y corre lejos. No lo quiere compartir con las demás, tampoco puede comerlo. Cuando logra cierta distancia y soledad, deja caer el escarabajo y le picotea el caparazón, una, dos, tres veces, como si quisiera quebrarlo. Lo mira, vuelve a picotearlo sin suerte. Al final se lo traga entero y casi se puede ver el bulto del escarabajo bajando por el interior de su cuello, el escarabajo vivo que le patalea en el buche y camina por allí adentro y se mueve. La gallina carraspea un rato y después sigue como si nada, escarbando con las patas en el pasto y lanzando picotazos a cualquier cosa que encuentra.

Hoy coseché la primera tanda de espinaca. Las lechugas que sembré en surco se descontrolaron, nunca las raleé y llovió demasiado. Eran un tumulto y estaban a punto de pasarse. Corté bastante. La planta de tomates cherries chinos sigue dando y dando.

Mucha rúcula, mucha lechuga, muchos tomates.

Todavía florecen las zinnias.

Mientras ceno, se levanta un viento helado, casi de la nada, y refresca. Sopla viento toda la noche.

Nada más perturbador que el viento de noche.

Amanece y sigue soplando.

Me hace acordar a Cabrera. Un día viento norte, viento sur al día siguiente. Siempre viento, viento constantemente, viento todo el tiempo.

Los días de viento me agotan, me bajan el ánimo, me hacen pensar enroscado, me ponen de mal humor.

Necesito que algo se quede quieto, por lo menos un momento.

Compro en Lobos un poco de comida para el gato salvaje que vive en la pila de la leña y se la dejo en un plato, junto a la puerta de la cocina. Lo escucho comer mientras leo tirado en la galería. Ese crujir discreto de sus dientes triturando las bolitas de alimento seco. Me asomo y el gato se escapa. Missh, mish, mish, lo llamo y el gato se detiene lejos, a la altura del mandarino y se queda mirándome. Le dejo un platito con leche y vuelvo a leer. Al rato lo escucho de nuevo. Otra vez me asomo, otra vez se escapa. Lo llamo, se detiene, me mira. La escena se repite tres o cuatro veces. Tiene hambre, pero todavía no confía tanto como para acercarse y comer en mi presencia.

Suelto las gallinas y las dejo que vayan a verdear un rato afuera del gallinero. Escarban entre las hojas caídas de los eucaliptos, escarban en la tierra húmeda debajo de las hortensias, escarban entre el pasto seco. Con las patas retiran hacia atrás, e inclinan la cabeza hacia delante, hasta bajarla a nivel del suelo. Si hay un ruido, giran la cabeza, atentas.

Cuando vuelvo a prestar atención, se han metido a la huerta y escarban entre el tomillo y el orégano. Las espanto, pero son insistentes. Son gallinas mansas: como si yo fuera un gallo dispuesto a montarlas, cuando me acerco enseguida se acuclillan y se achatan contra el suelo. Las levanto, cargo una en cada brazo. Ellas van muy quietas y tranquilas, con la cabeza erguida, mirando todo desde esa altura nueva. Mientras camino hacia el gallinero, con la mano les acaricio el buche. Debajo de las plumas suaves, es una bola granulada, apenas un poco más chica que una pelota de tenis. En la yema de los dedos puedo sentir la textura del maíz partido, de los bichos y las piedritas, todo su alimento matutino.

Basta por hoy, ya comieron suficiente, les digo mientras las encierro.

«Cada familia tiene su propia colección de historias, pero no cada familia tiene a alguien que las cuente», dice Lyn Hejinian. Yo tengo a mi abuela.

A veces, en invierno, cuando ya no había más nada que hacer y afuera la tarde era gris, plomiza y un frío helado bajaba sobre el campo, en la casa pequeña, iluminada en medio del viento, la abuela bajaba del estante más alto del placar la caja de las fotografías. Era una caja de cartón, casi cúbica, que alguien, tal vez mi mamá, hacía mucho tiempo había forrado con una tela llena de flores azules, muy mínimas. Adentro, sueltas, había cientos de fotos viejas. Fotos pequeñas, de 5 × 9 cm, con un recuadro blanco que las enmarcaba, y el borde dentado, la mayoría ligeramente arqueadas hacia arriba, combadas. Fotos de tamaño postal, algunas pegadas a un cartón más duro, otras sueltas, casi siempre bebés recién bautizados. Fotos con los bordes comidos, con manchas de hongos brotando como goterones, o ronchas color sepia salpicadas sobre la superficie amarillenta. Fotos más grandes, generalmente dentro de una especie de carpeta de cartulina con tapa y recubierta por una hoja de papel como de calcar, o papel manteca tan quebradizo y reseco que daba miedo tocar. Por lo general eran fotos de matrimonios recién casados (en las más viejas las novias ni siquiera vestían de blanco, sino de sobrio negro) o fotos de bodas de plata, bodas de oro. Parejas ahí, el hombre siempre sentado, la mujer de pie, un poco más atrás, las manos apoyadas sobre el respaldar de la silla, envejeciendo lentamente. Fotos que habían cruzado el océano, el único recuerdo de los padres que habían quedado enterrados en Italia, de los hermanos muertos, de los hermanos perdidos.

La abuela se sentaba en la punta de la mesa, se ponía los anteojos, sacaba una foto al azar, la miraba levantando apenas la nariz para buscar la parte baja de los bifocales y me contaba quiénes eran.

Este es el tío Bauta el día que volvió de hacer el servicio militar, decía y me la pasaba.

Esta era una gente amiga del nono que vino un día de visita. No me acuerdo de cómo se llamaban. Eran de Cañada de Gómez.

Acá estábamos en una carneada en el campo de la tía Anita. El de la punta es el abuelo, al lado está el tío Mingo, el tío Pirín, ahí abajo el finadito Ángel Alberto, más allá el tío Francisco.

¿Y ese de ahí quién es?, preguntaba yo mientras señalaba a un hombre sonriente, al borde de la mesa, que levantaba una botella vacía como si fuera una espada o un trofeo.

La abuela volvía a tomar la foto, extendía su brazo, la acercaba, la alejaba. Subía y bajaba la cabeza para ver por la parte de abajo o de arriba de los lentes.

Ese no me acuerdo, decía. Uno que trabajaba con la tía Anita debe haber sido.

Dentro de la caja, yo tenía mis fotos preferidas. Mientras la abuela hablaba y me contaba las historias de todo ese montón de desconocidos que era nuestra familia, yo revolvía entre las pilas, pasando las fotos con dedos rápidos, hasta encontrar mis favoritas.

Esta es la foto de bautismo de Mario y estas de acá son del día de mi casamiento, decía la abuela.

Acá están las fotos de cuando la nona cumplió ochenta años: se los festejamos en el galpón grande, que estaba recién hecho, fíjate cómo se ve que las paredes eran nuevas. Tu abuelo lo había terminado de pintar esa semana, para llegar a hora a la fiesta.

Con cuidado, despacito, me decía después, mientras yo buscaba más fotos en la caja.

¿Y estos quiénes son?, preguntaba yo y le mostraba la foto de cinco hombres vestidos de negro, con trajes cruzados y sombreros posando muy serios junto a un arroyo, escopetas y pistolas en las manos, una barranca de tosca a sus espaldas y yuyos secos, una mezcla de gángsters y Lejano Oeste.

La abuela tomaba la foto entre sus manos, la miraba apenas un instante, sonreía.

Esos son los tíos Giraudos.

¿Y por qué tienen revólveres?, preguntaba yo, que ya sabía perfectamente la respuesta.

Las escopetas deben ser de verdad, pero los revólveres me parece que eran de juguete, decía la abuela.

¿Adónde iban? ¿Iban a una fiesta?

No, no, no, la abuela negaba con la cabeza.

Fue un día que vino el fotógrafo y ellos se disfrazaron de pistoleros.

¿Por qué se disfrazaron?

La abuela se encogía de hombros.

Ellos eran así, decía. Eran divertidos, eran bromistas.

¿Y esta?, preguntaba yo y le pasaba otra foto.

Esto era un día en que terminábamos la trilla. En esa época el maíz se juntaba en parvas y después venía la trilladora. Esa de ahí soy yo, que era la más chica. La que está más atrás es la tía Teresa y el que se agarra a la rueda, el tío Tonito.

Afuera, la escasa luz del sol de la tarde se apagaba lentamente. La abuela iba a la quinta a arrancar unas zanahorias, a juntar un poco de acelga. Las lavaba bajo el chorro fuerte del agua fría. Yo me quedaba sentado en la punta de la mesa, una a una tomaba las fotos en blanco y negro y, aunque ya las conocía de memoria, volvía a mirarlas callado, mucho rato, lentamente.

Había algo en esas fotografías viejas que me maravillaba, como si en lugar de provenir de un tiempo antiguo, vinieran de un espacio lejano: otra tierra, otro mundo, otro universo. Un lugar donde seis caballos negros tiraban las carrozas de los entierros, donde la plaza de un pueblo era un recuadro alambrado sin árboles y en medio de la nada y la iglesia una iglesia solitaria levantándose entre el pasto corto, ralo, quieto.

Una a una iba separando las fotos en diferentes grupos, de acuerdo a quién aparecía, o a qué rama de la familia. Y después, dentro de esos grupos elegía a alguien, algún personaje, y armaba pilitas con sus fotos. La pila del tío Bautista, la pila de la tía Catalina, la pila de alguno de los tíos Giraudo, aunque a ellos me era difícil diferenciarlos y se me mezclaban siempre. Guardaba el resto de las fotos en la caja y, sobre la superficie lisa del nerolite blanco de la mesa, ordenaba con mucho cuidado las fotografías del personaje elegido, una junto a la otra, en orden cronológico, como si fueran fichas de dominó: bautismos enlazándose con primeras comuniones, primeras comuniones con cumpleaños de quince, o con fotos en uniforme de militar, de soldado, de granadero. Muchachos jóvenes, en parrandas de solteros, junto a fotos de casamiento, alguna foto de luna de miel, casi siempre la pareja trepada a una piedra de las sierras y después, enseguida, las fotos de familias que crecían: primero solo un bebé en el regazo de la esposa, después un niño en una sillita y otro bebé en el regazo. Siempre un bebé en el regazo, a medida que alrededor se iban sumando niños y niñas cada vez más altos, con trajes y pantaloncitos cortos, con moños negros en el pelo, muchachas con vestidos llenos de lazos, muchachones con bigote y sombrero.

Mientras la abuela preparaba la comida y el vapor de las ollas se agolpaba contra la ventana de la cocina, como si estuviera estudiando un texto complejísimo yo repasaba una a una, muy despacio, la progresión de imágenes que armaban una vida. Fijaba la vista en cada detalle, en cada sonrisa, cada sombrero; miraba y memorizaba la vida del tío Bauta, o la de la tía Teresa, la vida de mi abuelo o la del tío Tonito. Los zapatos, los fondos pintados con paisajes de palmeras de las fotos de casamiento; los brazos que se apoyaban sobre el hombro de un amigo; la pequeña turbación de una mujer recogiéndose el delantal, fotografiada entre gallinas; el gesto de un bebé solo, boca abajo, sobre una mesa; las firmas, los sellos de los fotógrafos: Casa Bedolla, con una caligrafía de trazo dorado, que daba mil volteretas y al final dibujaba un firulete; el lugar, justo cerca de la esquina, donde se había doblado un triángulo de la alfombra que cubría el suelo y dejaba ver el piso de tierra del estudio improvisado en medio de la llanura.

Hasta que la abuela decía:
Bueno, basta, ahora guardalas. Andá a llamar al tío Tonito, andá a llamar al abuelo. Ya está la cena.

Sigo cosechando tomates. Un zucchini sobreviviente. Un zapallito. Dos pepinos.

Nació bien la lechuga. Las mostazas. Las acelgas. Nacieron bien el cilantro y el perejil. Hojas secas de álamo entre el sembradío. Debajo de donde cayó una hoja, las semillas son apenas brotes pálidos y tiernos, alargados y retorcidos. Una a una junto las hojas secas y las llevo a la compostera, para que los brotes se enderecen y crezcan. Las hormigas negras les comieron todos los cotiledones a las caléndulas, difícil que repunten. Nacieron bien los kales Red Russian, pero casi no brotaron los coliflores.

Las noches ya son frescas. El campo acá no es como en Córdoba. Acá otoño no significa sequía y colores apagados. Acá otoño es rocío y humedad. Niebla en la mañana. Todo reverdece.

Noche despejada y diáfana, cristalina. Muchas estrellas. Luna en cuarto creciente. Luna entre las acacias. Luz de luna plateada o azulina.

Languidecen los últimos restos de verano. Las zinnias se achuzan. Los tagetes se secan. Las chauchas agonizan. Las plantas de zapallitos, ya viejas y débiles, se cubren de oídio, lo mismo que las de pepinos. Arrancar de cuajo. Cercenar tallos, raíces. Tirar sin lamentaciones. Hacer lugar para lo nuevo. Viajes y viajes de ida y vuelta a la compostera. Solo dejo las zinnias, más fuertes, que todavía florecen. Seguir el ciclo.

Época de cortar leña para el invierno y acumularla bajo techo, para que se termine de secar y ni el rocío ni la lluvia la humedezcan. Está fresco y hay sol pero en el cielo grandes nubes que por momentos lo tapan por completo. Día de otoño. Anoche llovió bastante, así que en la huerta todo húmedo y caído.

El gato salvaje resultó ser una gata. Ayer dos gatitos maullaban en la leña. Después uno, completamente negro, cruzó corriendo hacia el eucalipto. Intenté agarrarlo pero no pude, era rápido y arisco. Se me escapó de entre las manos. No son tan chicos. Los busqué toda la tarde, pero no volví a verlos.

Le pregunto a Luiso si sabe algo.

Es raro que crezcan, me dice. Acá, a los gatitos se los comen los chimangos ni bien nacen. En cualquier descuido los alzan en vuelo y se los llevan.

Un gatito caminando por el pasto, la sombra de un ave rapaz que lo sobrevuela, las garras clavándose en la piel de su lomo, un gatito levantando vuelo.

Si esto fuera un cuento, sería el inicio de una hermosa aventura: una camada de gatitos, de expedición al pantano, con el objetivo de rescatar al hermano de su secuestro.

O un gatito que escapa del malvado chimango, la aventura de regresar a casa sorteando miles de obstáculos y haciendo amigos en el camino.

Una de las pocas cosas que Luiso odia de verdad es al vecino. Cada vez que puede, habla mal de él. Se queja por el olor de los chanchos, se queja del ruido que hace la máquina con que muele el maíz, se queja por las moscas, dice que tiene todo sucio, que no hace más que juntar ratones, que sus perros le mataron una oveja, que no les da de comer y vienen a molestarle los terneros.

Siempre entre líneas a mí me parecía escuchar otros motivos, peleas más viejas, desaires, ofensas que intuía pero que Luiso no llegaba a decir con todas las letras.

Ya se va a terminar ese olor a chancho todo el día, dijo ayer antes de irse, y con la cabeza señaló para el lado del vecino.

¿Por qué? ¿Va a vender los chanchos?

No debe faltar mucho para que se funda, dijo. La gente en el pueblo comenta, se quejan de que no les paga, es de maltratar a los empleados, no le duran.

Yo asentí. No dije nada.

No es la primera vez que le pasa, dijo Luiso. Ya fundió la quesería que había heredado del padre. En una época tuvo pollos y también se fundió. Ahí empezó con lo de comprar cereal, compraba y vendía en negro, pagaba a sesenta, noventa días. Hasta que una vuelta no lo vimos más, desapareció con la plata, hizo quiebra. Quedó el tendal de viejos, pero andá a cobrarle vos. No es buena gente. Por eso no vive más acá, se mudó a Lobos y va y viene todos los días.

Pensé que vivía acá, dije.

No, no, vive en Lobos. ¿No viste que cada vez que sale agarra para aquel lado con la camioneta? ¿Cómo va a vivir acá si en el pueblo nadie lo quiere? Es una lástima porque tiene chicos chicos. Ahora está con los chanchos, pero no le va a durar, ya la debe haber cagado de nuevo. Yo sé lo que te digo. Lo conozco, está casado con una hermana mía.

No sabía, Luiso, que era cuñado tuyo. ¿Y tu hermana qué dice?

Luiso se encogió de hombros.

Y qué querés que diga, ella trabaja como una burra, dice que él tiene mala suerte.

Esta mañana, bien temprano, me despertaron los gritos. Afuera apenas si clareaba, hacía frío. Me asusté, me vestí rápido y salí a ver qué pasaba. El vecino había dejado la camioneta con el motor en marcha frente a la tranquera. Puteaba. Arrancaba mechones de pasto y los tiraba al aire, le daba patadas al guardabarro y con el puño cerrado golpeaba el capó de la camioneta.

Me cago en Cristo y en la Virgen santísima, gritaba. ¿Qué mierda hice yo? ¿Qué mierda hice, me querés decir? Estaba solo. Los perros giraban en círculos a su alrededor, toreando.

¡Cómo no me da un cáncer! ¡Cómo no me da un cáncer y se lleva todo bien a la mierda!, gritaba el vecino.

La reconchísima madre que lo recontra mil parió. La puta madre, decía.

Un perro respondió a los gritos con un aullido, otro fue a orinarle la camioneta.

¡Fuera! ¡Fuera!, les tiró un palo el vecino. ¡Fuera, perros de mierda!

Cristo Santo y la cajeta de la Virgen, dijo.

Mañana de sol y viento frío, punzante en la cara. Cielo sin una nube. Frío. El viento rumorea en las pocas hojas que les quedan a los álamos de la entrada. Cuando ya no les quede ninguna, los álamos van a hacer silencio.

Armo dos canteritos chicos contra el alambrado. Siembro más acelga y más caléndulas. Escabiosas. Espuelas. Arvejillas y más escabiosas junto a la compostera.

Las moscas del otoño son pesadas, lentas. Medio atontadas por el frío, molestas.

Muchos tábanos a la hora de la siesta. Pican fuerte.

Todavía hay mosquitos.

Esta es la época en que las hormigas se comen todo. Se empiezan a preparar para el invierno.

Una de las mejores cosas de este verano fueron las zinnias. Los tagetes y los tacos de reina. Flores que definitivamente voy a volver a sembrar cuando pase el invierno.

El olor que sube desde las hojas de las zanahorias cuando uno revuelve buscando cuál arrancar primero.

Una isleta de carquejas florecidas junto al camino.

En el campo, y más en otoño o en invierno, una casa siempre es un refugio. Se siente en el cuerpo la inmensidad que la rodea. Una casa en el campo tiene la forma de un gran silencio. El interior es un interior cálido. Luz de tungsteno. Olor a tostadas y café con leche.

Casi no había libros en el campo de mis abuelos. Alguna biblia, un par de catecismos, un libro de Mariano Grondona, otro llamado *Los argentinos somos así,* de una autora que no recuerdo. Y apilados en un estante del placar de mi habitación, entre sábanas y toallones doblados, paquetes de velas y folletos de la última exposición agrícola de la Sociedad Rural de Río Cuarto, algunos viejos libros de la primera colección Billiken, de cuando mi mamá era chica. Adaptaciones abreviadas de *Príncipe y mendigo* y de *Oliver Twist.* Una especie de biografía de San Martín llamada *El sable del libertador,* otra de su hija Merceditas.

Yo los leía y releía.

En el tiempo del aburrimiento, en las largas siestas del verano hirviente, en las largas noches del invierno frío.

Y también, las *Selecciones del Reader's Digest.* Mi abuelo estaba suscrito, llegaban puntuales, todos los meses, se la entregaba en mano el diariero, junto con la revista *Chacra, La Voz del Interior, La Nación* los domingos. Secciones de *Selecciones:* «Gajes del oficio», «La risa, remedio infalible». El resumen de algún libro: siempre un andinista con un pie atrapado entre las piedras, o una familia encerrada en un auto, a merced de osos asesinos que clavan las zarpas sobre el capó y atraviesan la chapa con las uñas, o bandas de motoristas ominosos, que persiguen en la noche a una mujer cruzando sola el desierto, todos los vidrios del auto cerrados y el aire acondicionado descompuesto.

Creo que fue ahí, en algún artículo de *Selecciones,* donde lo leí por primera vez: bio-grafía significa la línea de la vida.

Bio-grafía: el dibujo, la forma que dibuja la línea de la vida al desplegarse en el papel/tiempo.

El tiempo de una vida como un dibujo que lentamente, día a día, se va formando sobre una hoja en blanco.

Y la responsabilidad de que esa línea arme algo: una forma armónica, ordenada, coherente. La responsabilidad de que arme un dibujo.

Ansiedad y responsabilidad ante cada decisión. Cada decisión será un ángulo que defina un perfil o un trazo en el dibujo que formará nuestra vida.

Y ahora, mientras punteo y trasplanto cebollas, empiezo a ver que el dibujo que mi vida va formando no me gusta, o que es otro, diferente al que yo creía, ¿o que no tiene ningún sentido?

Un dibujo lleno de rayones, de tachaduras, de pasos en falso, de planes que se desarman, proyectos que se caen, personas amadas que dejan de amar, que dicen basta, ándate, ándate lejos.

Mañana de chaparrones aislados. Grandes nubes altas y esponjosas en el cielo. De pronto se cubre, la luz cambia. El cielo se nubla por completo. Qué palabra más linda: «encapotado». Nubes grises, bajas, muy juntas, apretadas. De tanto en tanto se le adivinan los bordes y por detrás, más arriba, pueden verse manchones del cielo más claro, celeste.

Como de la nada se levanta viento, un ramalazo, un trueno, un relámpago. El cielo se oscurece. El chaparrón dura cinco minutos. Después sale el sol y brilla, aunque apenas tibio.

Las plantas caídas después de la lluvia. Los yuyos vencidos de a rachas, pesados de agua.

Todo brillante. Los colores destellan contra el azul plomizo de la tormenta que se aparta.

Olor a perro mojado. Olor a encierro y a humedad dentro del ropero, dentro de la casa.

Salgo un rato a la huerta y aprovecho para trasplantar todos los repollos de la primera camada. El resto es arrancar yuyos. Seguir levantando plantas muertas o enfermas. Puntear para armar otro cantero.

Algunas palomas ululan en tres notas. Otras, en cinco.

Me gustaría saber más sobre pájaros. Hubo una época en que los árboles eran para mí como los pájaros son ahora: árboles, solo un montón de árboles, una masa informe de árboles. Apenas si les prestaba atención y podía reconocer unos pocos, los más fáciles, los más populares: paraísos, plátanos, fresnos –porque fresnos había en las calles de Cabrera–. Cuando empecé a estudiar botánica y sus tablas taxonómicas, de a poco empecé a reconocerlos e individualizarlos. Cada uno un nombre, cada uno una particularidad, una especie. El mundo, literalmente, se fue ampliando frente a mis ojos.

Me gustaría poder prestarles la misma atención a los pájaros y que no sean solo «pájaros». Pero son demasiado rápidos, tienden al movimiento constante, o están siempre demasiado lejos.

Por el momento solo reconozco los caranchos, los chimangos, los gorriones, las calandrias (aunque sospecho que hay más de una variedad de calandrias), los pirinchos (en Córdoba los llamábamos «urracas»), los cardenales (hasta ahora solo vi uno), los zorzales, las lechuzas, las palomas torcazas y las palomas comunes, las tijeretas, los benteveo o bicho feo y los pájaros carpinteros.

Y los loros, por supuesto.

Y las lechuzas.

Y los teros.

Arroz salteado con zanahorias, tomates, pimientos, el último zapallito. Menos el arroz, todo de la huerta.

Me intriga muchísimo ese campo al que llamo el bosque en rectángulo. Cada vez que voy al pueblo me quedo mirándolo. En medio de la pampa pareja, forma un recuadro apretado de árboles, como un bloque rectangular apoyado sobre el campo llano. Una cortina de álamos criollos, espigados y estrictos, le delimita las paredes y le vuelve bien definidos los bordes. Y adentro, detrás de las murallas de hojas, más árboles, solo árboles, tupidos y densos hasta volver la vista impenetrable. Tiene una tranquera, para el lado del pueblo, pero nunca se ven movimientos ni huellas de autos y el camino que surge del otro lado está lleno de yuyos altos, como si nunca pasara nadie, como si el lugar estuviera abandonado.

Me intriga también porque me parece hermoso. Se puede ver desde lejos, ya desde el camino engramillado: el sol del atardecer pegando de lleno sobre un bloque perfecto de árboles en medio de la nada.

Por estos días, además, todos los álamos están amarillos. Y adentro pareciera haber robles, o arces. Árboles que se ponen bien rojos, como llamaradas, como fuegos encendidos.

Por el camino, enfrente de casa, pasa un hombre en moto.

Después, al rato, otro hombre a caballo.

Mucho movimiento en el barrio.

El ruido constante de la picadora de maíz del vecino. La tiene prendida una hora, casi una hora y media. Es un bramar monótono, estridente, que resuena por el campo y se expande. Después, en un momento, cuando el ruido ya es casi insoportable, para. Atardece. El vecino apaga la picadora. El silencio se vuelve un silencio denso, con muchas capas, mezclado con el ruido lejano de algún auto que pasa por el camino, el canto de los pájaros, el chirriar de las ramas, el viento en las hojas. De a poco, todo se vuelve azul e impreciso. Los árboles a la distancia son masas violetas, el borde desprolijo, lleno de bultos e hilachas. Ya casi es completamente de noche. Lejos se ven las luces de Cañuelas, de Lobos, una fosforescencia leve, iluminando las nubes y formando una cúpula rosada o de un color naranja desvaído. Quieto en la hamaca, siento ruidos a mi espalda. Crujidos. Pasos en el pasto seco. Me incorporo justo a tiempo para ver a una de las liebres pasar a mi lado dando saltitos, muy tranquila, en dirección al potrero del frente.

Después sale la luna. Llena, gigante, bien anaranjada, potente, apenas velada por la capa de nubes que ante su luz se vuelve tan delgada como si fueran neblina.

MAYO

Día fresco. Amanece con viento. Anoche la casa estaba realmente fría. Dormí con un buzo puesto y la estufa eléctrica prendida.

Acelga grande, lista para ralear, aquellas que sobrevivieron a las hormigas. Segunda tanda de repollos y kales y brócoli atrasados pero creciendo a buen ritmo. Algunos ya con tercera hoja. Nacimientos desparejos. El repollo Red Express tarda casi el triple que los otros en brotar. Ya lo daba por perdido cuando por fin empieza a aparecer.

Hojas de eucaliptos y de magnolia secas sobre el pasto muy verde.

Las hojas de magnolia, duras y brillantes, amarillas, marrones.

Corteza de eucaliptos largas y secas sobre el pasto. Árboles que se despelechan, que crecen a costa de reventarse lenta e imperceptiblemente hacia fuera. Como si fueran lemmings, se empujan a sí mismos la piel al precipicio.

La falsa vid ya casi sin hojas. Las pocas que le quedan de un rojo cobrizo encendido. Sus tallos desnudos como una oleada de arterias y venas entrecruzadas sobre la pared del galponcito. Quedaron al descubierto los racimos de uvitas mínimas, chuzas y ralas, negras como uvas pasas, pero del tamaño de las bolitas de los siempreverdes. Un zorzal y una paloma vienen todas las tardes y picotean uvita por uvita. También viene un pajarito que anda siempre entre la leña, uno de esos que no sé cómo se llaman.

Esa flojera de los primeros fríos. Cuando no sabemos si es el cuerpo el que todavía no se acostumbró a las nuevas temperaturas o es el principio de una gripe. Somnolencia. Ardor en los ojos. Ganas de quedarme en la cama hasta que se haga de noche de nuevo.

Ahora, con el frío, el mundo parece estancado. Los días son cortos. A las seis de la tarde ya oscurece. En la huerta, todo crece lento. Primeras acelgas de raleo. Las lavo bajo el chorro de la canilla, las salteo rápido, con un poco de ajo, en aceite de oliva. Ese gusto que siempre dejan las acelgas en la boca, como a hierro en polvo raspando sobre los dientes.

De pronto, parece que hace años que solo uso pantalones largos, mangas largas, pulóver, buzos polar, años de no sentir el sol sobre la piel, pero las bermudas siguen ahí en la silla, desde la última vez que me las puse, hace tres semanas. El invierno ralentiza.

Me despierto a las cuatro de la mañana. Una gran luna menguante sube sobre el horizonte. Es apenas una uña de un color naranja pálido en el cielo negro. Naranja como el naranja de las luces de tungsteno.

En el amanecer, el sol se enciende.
Deambulante y rojo, pero en silencio.

Movimientos en el vacío. Los recorridos diarios, los senderos que se marcan en el pasto de tanto ir y venir a la huerta, tanto ir y venir a darles de comer a las gallinas. Leo que, según Corita Kent, uno de los propósitos del arte es advertirnos sobre las cosas que nos pueden haber pasado inadvertidas. Esos senderos, esos movimientos a través del aire cada día. Esos rastros. Esas huellas.

El primer Juan, el padre de mi abuelo, llegó a Argentina en 1915 o 1917. Venía de Italia, de la región del Piamonte, cercana a los Alpes. Era campesino, hijo de campesino, nietos de campesinos. Su familia –la nuestra– vivía en una pequeña aldea sobre la falda de las montañas y se dedicaba a cuidar el ganado y cultivar la vid. Nunca habían visto Roma, tampoco Turín. Apenas un par de veces habían bajado a pie hasta Cúneo.

El primer Juan no hablaba una palabra de español, tampoco italiano. Solo hablaba un piamontés cerrado, oscuro. Cuando se bajó del barco en Buenos Aires, era apenas un adolescente. Sus padres ya habían muerto. Un tío cura lo había obligado a viajar: él leía los diarios y tenía contactos, sabía que la guerra era inminente, si se quedaba en Italia iba a morir.

El primer Juan no conocía a nadie en Argentina, no sabía qué hacer, no tenía adónde ir. Se sentó sobre unos bultos cubiertos con lonas y esperó. Pasó el tiempo. La gente caminaba apurada junto a él. Movimiento de ciudad. Movimiento de puerto. Se hacía de noche. El primer Juan se largó a llorar. Otro italiano, también del Piamonte, pasó y le preguntó qué le pasaba, lo consoló, le contó que él sabía dónde conseguir comida, dónde dormir. Esa noche, mientras compartían la cena, le dijo que no se quedara en Buenos Aires. ¿Qué iba a hacer alguien como él en Buenos Aires? Acá están todos locos, le dijo. Acá hay mucho ladrón, mucho pillo. Venite conmigo a Córdoba a hacer la cosecha. Allá hay de todo mucho. Sobra el trabajo, sobra la tierra.

Ese es nuestro mito de origen. Mi abuelo –el segundo Juan– siempre lo contaba. Una y otra vez repetía la misma historia: una guerra que expulsa, llegar con una mano atrás y otra mano adelante, llegar sin un peso, una ciudad peligrosa, una llanura desierta que da cobijo, un lugar profundo en la pampa para que sus hijos, para que sus nietos, para que sus bisnietos, fundaran allí un pequeño reino.

Viajaron en tren. Desde Buenos Aires hasta Villa María. El paisaje, desde la ventanilla, era completamente diferente al que el primer Juan hasta entonces conocía: aquí predominaba la llanura, las grandes distancias, la soledad, un horizonte lejano y continuo. Cambiaron de tren. Al costado de las vías no se veía a nadie. Nadie entre pueblo y pueblo, solo pastizal despejado, vacante, disponible. Ni siquiera había alambrados: la pampa todavía sin compartimentar, sin repartirse.

Los pueblos eran casi solo apenas caseríos, un terraplén donde el tren se detenía un rato, algún arbolito pelado, un boliche de adobe, tres o cuatro ranchos, unas pocas casas de ladrillo, y todo el círculo del horizonte, inmenso, distante.

En la tierra prometida no había montañas que ensombrecieran el valle, no había picos que subir, no había lugares lejanos que mirar desde lo alto. La llanura era un gran vacío y por momentos les dejaba creer que podrían llenarlo. Se bajaron en Las Perdices. Siguieron en carro, siguieron a pie, durmieron al sereno, entre los pajonales, una luz temblaba en la noche: una primera casa, colonos en medio del campo.

Viajo a Cabrera, a visitar a mi familia. La autopista corre en paralelo a la vieja ruta 9, que a su vez corre junto a las vías del tren que alguna vez llevó al primer Juan hacia el lugar donde iba a dedicarse a tenernos.

Salgo de Zapiola al mediodía. Hasta Rosario voy entretenido, hay bastante tráfico, escucho música, las noticias, programas locales de Ramallo, de San Nicolás. Después, la autopista se vuelve pura recta por kilómetros y kilómetros. Casi no pasan autos. Es un día de invierno, pero hay sol. Se pierden las señales de las radios, tampoco tengo señal de celular. A los costados aparecen y desaparecen campos de soja y montes de eucaliptos en rápida sucesión. El paisaje frente a mis ojos es siempre una misma línea. Avanzo cada vez más adentro del país, más adentro de la llanura.

Recuerdo eso que siempre contaba mi abuelo: que cuando él era chico, antes de que existieran las radios, calculaban la hora del día y ponían a punto los relojes sumándole media hora al momento del alba que aparecía en los calendarios de taco. En la base de cada hojita, debajo del gran número del día, el calendario anunciaba a qué hora salía el sol. Si decía que el sol salía a las 6.20 en Buenos Aires, ellos le sumaban treinta minutos, porque el planeta tardaba treinta minutos en recorrer la distancia entre Capital y ese pueblo perdido en medio de la llanura. Había entonces que esperar, mirando el horizonte, el momento exacto en que la primera pizca de sol asomara sobre el horizonte para correr a corregir las agujas del reloj de la cocina. Salió el sol, 6.20 a. m. en Buenos Aires más 30 minutos = 6.50. Son exactamente las siete menos diez en este lugar de la pampa.

Treinta minutos de diferencia. Cuando amanece en Zapiola, allá todavía es de noche.

Yo soy el que se fue lejos.

Esa media hora, entre el amanecer acá y el amanecer allá, en que la distancia se vuelve penumbra.

Es mediodía. El sol cae en picada. La autopista sigue con poco tráfico. Apenas unos camiones, muy de tanto en tanto. Manejar se vuelve fácil y monótono. Sin un punto fijo, en velocidad crucero, el corazón y la mente vagabundean. No hace mucho, apenas un par de años, hice otro viaje como este, el día en que me avisaron que el abuelo se había descompuesto. «Va a durar hasta que él lo decida», me decían del otro lado del teléfono. «Es una cuestión de horas, como mucho, de días.»

Acelerar para ir más rápido que el sol, acelerar para acortar las distancias, acelerar para despedirse, para no estar lejos, acelerar para llegar antes que la muerte.

Yo lloraba y manejaba, intuyendo la ruta derecha detrás de mis lágrimas, bajo el sol de una tarde de septiembre. Lloraba y de tanto en tanto despegaba una mano del volante para secarme los mocos con el dorso de la palma. Temía que el abuelo estuviera asustado, pensaba que lo único que había que hacer era calmarlo, enfrentarlo a lo que tenía que pasar, acompañarlo en el pasaje. Decirle: tranquilo, te estás muriendo, ¿tenés miedo?, ¿querés hacerlo acá?, ¿preferís ir a tu casa?

Me imaginaba que tal vez él, que era viejo y sabio, necesitaba una muerte como las muertes medievales: decidir morirse y llamar a todos para uno por uno despedirse y después dormir hasta que se le destrabara el espíritu y de a poco se fuera.

Fantaseaba con que tal vez podíamos llevarlo al campo e instalarlo en medio de un potrero verde, un potrero de avena y dejar que allí se durmiera tranquilo, lleno, plácido. El rey de ese reino, él que había nacido en esa tierra y que ya nunca más se había ido, que había hecho tanto esfuerzo para nunca irse, para enraizarse, para quedarse, para que no se lo llevara el viento ni se lo comiera el vacío.

Lágrimas calientes empañaban los lentes de mis anteojos. Pensaba en sus manos gruesas, anchas, mullidas, manos que se habían embrutecido haciendo fuerzas con tenazas, con martillos, manos pesadas, musculosas de trabajar la tierra. Pensaba en el abuelo señalándome unas perdicitas acuclilladas entre los rastrojos, un zorro cruzando el camino, el abuelo contándome su tierra, su historia, mostrándome los potreros, sonriendo ante lo logrado, detallándome los planes para la próxima siembra.

Los colores de la llanura en invierno. El abuelo danzando al ritmo de la música de las cosechas.

Un par de meses después de su muerte, encontré en un cajón cuatro o cinco libretitas de esas en las que él anotaba números y listas de lo que debía hacer o comprar cuando fuera al pueblo. Libretitas pequeñas, para guardarse en el bolsillo delantero de la camisa, junto a una lapicera, el capuchón encastrado en el borde de tela. Libretitas mezcla de agenda y registro de rindes y de lluvias. Me quedé con algunas, solo por tenerlas. Para volver a ver de tanto en tanto su letra inclinada, pareja, prolija, para poder leer de nuevo las anotaciones de sus días. Pequeñas reliquias/recuerdos que atesoro, como atesora la urraca cositas brillantes en su nido.

El abuelo encorvado sobre la mesa de la cocina, escribiendo lento, con una birome negra, en las páginas diminutas. En la primera página, siempre, una lista de números de teléfono.

Titarelli 4050365
Ferrero 4050368
Mario Rosso 155615060
H. Vitali 4050134
Lüining 156003582
Gomería 4051600

4 de julio Miércoles
Trilla Maíz 56720
Pasar veterinaria
Recibo peones, recibo leyes. Aguinaldo
Comprar botones / semilla lechuga / achicoria
Trilla Maíz 18 ha
Farmacia, té Vic caliente

6 julio Viernes
Banco Resumen
Peretti Resumen
Juanca
Mati Vacas. 9 gordas
Ver fotocopias recibo
Ojo: aldactone. Farmacia

114

13 de julio Viernes
Comprar fruta
Alimento perros. Pintura
Hielo
8 h. Camión Vaquillonas 25
Gastaldi
Taladro. Buscar mechas

Jueves 19
Las perdices: 8 bisagras suizas
Disco rastra
Maíz 35 ha
Feria vacas 7
Vacas vacías 10
Vacas sin diente 3
Vacas plantel
Rastrillo Escoba
Rastrillo. Comprar ajo

Sus recorridos diarios. Sus movimientos a través del aire de cada día.

«La forma en que uno pasa sus días es la forma en que uno pasa la vida», dice Annie Dillard.

Bajo de la autopista en Villa María. Atravieso la ciudad, buscó la ruta de doble mano que me llevará hasta el pueblo. Para entonces ya hace casi siete horas que estoy al volante. Falta una hora más. Como siempre, el viaje se hace largo, el cansancio pesa, de a poco han vuelto a aparecer las radios.

Empieza a perderse el sol en el horizonte. El paisaje acá es llano y chato como en Zapiola, pero no se le parece: estas son tierras buenas. Esta es una zona agrícola.

Acá no hay yuyos, hay maleza.

No hay panojas, ni espigas, no hay praderas naturales, no hay árboles que crezcan guachos, no hay pastos salvajes, ni lagunas ni bañados, no hay desorden, no hay mezcla ni desidia. A uno y otro lado de la ruta todo es rectangular, pulcro, domado: alambrados desnudos, hasta el último hilo visible, gramíneas mantenidas al ras a fuerza de glifosato, monocultivo parejo, la tierra aprovechada al máximo, todo soja para exportar a China y cobrar a sesenta o noventa días.

La belleza de esta zona —si es que la tiene— es la de lo pulido, lo estudiadamente armónico, una belleza clásica, ordenada: ángulos rectos, superficies lisas, colores planos, lo que entra en cuadrícula.

Termina la época de trilla. Quedan apenas unos pocos lotes, las plantas secas y llenas de vainas, esperando. Por el rabillo de mi ojo desfilan en las banquinas hileras de cabitos y tallos ya cosechados. A ciento veinte kilómetros por hora, van quedando atrás rápido, titilan o vibran, como si fueran un traquetear de celuloide, desaparecen a mis espaldas como un abanico que se cierra de golpe, amarillo, beige, gris claro.

Justo a la salida de Arroyo Cabral, una gran cosechadora avanza y deglute de a veinte surcos al mismo tiempo. El sol ilumina la nube de polvillo que se levanta a su paso.

Freno a hacer pis junto al arroyo de Dalmacio Vélez. Paro el motor del auto. Me sorprende el silencio. Solo se oye el sonido de los cañaverales que se raspan entre sí. El viento no se escucha, pero ahí está, se lo ve en el balanceo, en el moverse lento de las cañas, los penachos, las hojas de un verde tan opaco que parece gris.

El primer Juan, el padre de mi abuelo, armó toda su vida acá, en estas llanuras. Se casó, tuvo hijos, sembró trigo, sembró lino. Día a día, al afeitarse frente al espejo, vio cómo el agua dura de esta zona le iba oscureciendo los dientes. Hizo traer de Italia a la única hermana que le quedaba viva. Fundó una familia.

Atrás, lejos, del otro lado del océano, quedaron los Alpes, las piedras, los cerros, las nieves en invierno, el agua rápida del deshielo, los prados verdes. Allá todo era ajeno, todo estaba lleno, donde no había picos de montaña, había valles, laderas en sombras y laderas a pleno sol, pueblos, bosques, caminos. Parcelas pequeñas. Allá eran demasiados, faltaba el espacio, a los surcos de cebollas los alineaban contra las vías del tren, el perejil y la albacea crecían en macetas en el alféizar de las ventanas. No había espacio, no había lugar para él, para ellos.

Allá era la guerra. El terror de la guerra avanzando. Soldados muertos.

Acá todo es amplio, vacío. Uno mismo tiene que trazar una línea porque si no los surcos durarían para siempre. Acá a alguien se lo ve llegar de lejos.

Acá hay espacio, se es dueño de la tierra.

Acá se está lejos.

Y él fue de los que se quedaron acá, «oyendo el corazón de las vacas», como dice Alejandro Schmidt en un poema.

117

Murió apenas pasados los cincuenta. Del resto de sus días se decía poco y nada en mi familia. Asumí que habrían sido años de rutina y descanso, ya establecido, ya con casa, con mujer, con hijos. Un destino rural. La música de las cosechas sonando en sus oídos.

No fue hasta hace poco que mi abuela, casi en un descuido, dejó entrever otra parte de la historia, lo que hasta entonces nadie había dicho con todas las letras: tenía sus barcitos, boliches donde paraba a tomar cuando iba al pueblo. Se deprimía, era alcohólico, no se cuidaba. Al final, le dio un ataque, quedó paralizado. Lo sacaban a pasear por la huerta, sobre los cascotes empujaban la silla de ruedas. Le mostraban los surcos de cebolla, de puerros, lo cargado que estaba el limonero, dejaban entre sus manos quietas el primer durazno, la primera ciruela.

El paraíso prometido había resultado ser un vacío áspero y demasiado difícil de llenar.

Plantar árboles para hacer sombra, para hacer bulto, para hacer leña, para hacer fuego.

Tener hijos para trabajar cada vez más tierra.

Nunca un peso de sobra.

Y del otro lado, un origen arrasado. Quemado por la guerra.

Ningún lugar al que volver.

Ninguna Ítaca, ni atrás, ni adelante.

Atrapado en el gran vacío.

Una vida que intenta armarse en la llanura y el viento que a cada rato la tumba.

El último rosario de pueblos: Dalmacio Vélez, Perdices, Deheza. Perros callejeros. Una chica que espera el ómnibus en la garita. Viajar detrás de un camión con novillos. El olor de la bosta fresca entrando por el respiradero de la ventilación del auto. Las miradas de los novillos entre los listones. Cuises rápidos en las banquinas comen la soja que se escapa de los camiones. Pasto seco que cae en cascadas. Un zorro hinchado, muerto al costado de la ruta.

El perro ladra. Mamá sale a recibirme. Dice que ha estado ansiosa esperando mi llegada, intranquila porque estoy en la ruta. Me da un beso. Ya casi es de noche. Adentro, la estufa prendida, tres o cuatro leños. Canal Rural en la televisión. Papá lee el diario sentado en la mesa. Eh, llegaste, dice mientras levanta la cabeza.

El pelo helado en el lomo del perro. Su aliento caliente. El hocico apoyado en mi pierna, para que le acaricie la cabeza, detrás de las orejas.

Papá saca un chorizo, soda, vino. Un pedazo de pan. Un pedazo de queso. Come de parado, junto a la heladera. El perro se sienta a su lado y lo mira, esperando por un mordisco de lo que sea.
No comas que ya va a estar la cena, dice mamá.
Me corto una lámina de queso.
No comas que ya va a estar la cena, dice mamá.
Salgo al patio, busco un tronco, lo agrego al fuego.

Todos los árboles del municipio pintados de blanco hasta la altura de la rodilla, para que las hormigas no suban a las ramas, no trepen por la corteza. Coronas de piedras blancas, también pintadas con cal, muy prolijas, alrededor de cada arbolito nuevo.

Cada año talan un poco más bajo los árboles, para que las ramas no toquen los cables de la luz. Podan a la bartola. Copas deformes, toda armonía congénita mutilada. Las marcas de las talas pasadas en los muñones de las ramas ya sin hojas.

Y seguir creciendo, después de los cortes y las mutilaciones. Seguir y crecer por donde se pueda, siempre con forma, pero ya sin belleza.

Las ramas de un lado y del otro de la vereda no llegan a unirse. Ni siquiera se rozan.

Nada que cubra, nada que dé sombra, que dé reparo.

Ya es de noche. La luz mínima de las lámparas. La luz naranja del alumbrado. Las casas bajas. Las puertas cerradas. Ventanas cerradas, persianas bajas. Frío glacial. Nadie en la calle. Lejos, por la otra punta del pueblo, pasa una camioneta.

Cada uno padece de su propio lado de la vereda y entiende el mundo de acuerdo a lo que se llega a ver por entre los visillos de su ventana.

Mi papá, con sus padres, hablaba piamontés. Con nosotros, español.

Cuando éramos chicos, las tardes de invierno, cuando todavía no existía Canal Rural y ya era de noche y papá ya había leído todo el diario y estaba aburrido, sacaba de la biblioteca un gran diccionario Vox de tapas verdes, ancho como dos ladrillos superpuestos. Lo abría en cualquier parte, frente a él sobre la mesa y se ponía a leer palabras una detrás de la otra, con los anteojos de ver de cerca encastrados sobre la nariz, la cabeza un poco gacha, la punta del dedo índice guiando la vista a lo largo de los renglones.

Leía con mucha concentración, mientras mamá preparaba la cena y mis hermanos miraban *Hola Susana* por Telefe, el canal de las tres pelotitas.

Yo, mientras tanto, leía la revista que venía los domingos con el diario. Lentamente pasaba las páginas, miraba las fotografías, los espacios diáfanos, la luz sobre los objetos, la gente feliz que vivía en esos lugares lejanos, pulidos, nítidos hasta la perfección, puros.

Del otro lado de la mesa, papá bajaba medio centímetro el dedo, leía la definición de otra palabra, ponía cara de asombro; a veces, un poco cara de sorpresa, de «mirá vos, quién lo hubiera dicho»; a veces, cara de haber confirmado algo, de «ya lo suponía». No recuerdo que nunca haya hecho ningún comentario sobre lo que leía. Ni que sistemáticamente agregara a su vocabulario nuevas palabras. Aunque sí estaba obsesionado con algunas, que repetía todo el tiempo: Honolulú, por ejemplo.

Te voy a regalar un pasaje a Honolulú, le decía siempre a mi prima Marisa.

Torombolo era otra palabra que usaba siempre. Significaba bombón, o chocolate, o bombón de chocolate.

Las noches de invierno, al terminar la cena, papá preguntando si había algún torombolo.

Después nos mandaba a alguno de nosotros a comprar al quiosco de Pitrola, en la esquina. Milka. Suchard. Bon o Bon, lo que fuera.

Si me tocaba ir a mí, elegía un Suchard con pasas de uvas, que era mi favorito.

Pitrola rara vez sonreía. Estaba poseído por el mal humor. Era viudo, tenía una hija severamente discapacitada, Laura, y un único hijo, Mauri, que se hacía casi exclusivamente cargo de su hermana. Años después, cuando Mauri ya estaba casado y era padre de dos hijos, tuvo un accidente de auto con toda su familia, volviendo de Río Cuarto. Solo sobrevivió su esposa.

Y mientras don Pitrola atendía el quiosco y seguía vendiendo chocolates, cigarrillos, torombolos, revistas, en esa casa quedaban nada más Laura, atada a su silla de ruedas, y la viuda de Mauri, mirando por la ventana, hacia afuera.

Pitrola era lo incomprensible: ¿por qué tantos castigos en un solo hombre?, ¿cómo podía vivir así su vida?

Ahora el quiosco está cerrado, las persianas bajas. El lugar parece abandonado.

¿Fue en esas noches de invierno, comprándole torombolos a don Pitrola, cuando empecé a sentir que tenía que irme de Cabrera?

En un pueblo, todos somos una biografía, una hilera de fotos, un hilo, la identidad está pegada a una historia. Tres, cuatro, cinco momentos en la vida de alguien que, de alguna manera, forman un dibujo, nos identifican. Desgracias, accidentes, encuentros, profesiones, amores, nacimientos, logros, anécdotas divertidas y anécdotas tristes. Hitos en una cronología. Puntos en esa vida, unidos por líneas en medio de la llanura, entre el viento, el sol y las tormentas. Un final, una necrológica. «¿Quién murió?», pregunta la gente en el bar o en el almacén cuando se encienden las luces de la pompa fúnebre o suena la grabación de campanas en LVA, la radio del pueblo.

Un Pascualini, de los que viven atrás del cuartel de bomberos.

El que le decían Filón.

No, hermano de ese. El que se había casado con una de las Pautaso del Molle.

¿Las Pautaso esas que eran cuatro hermanas, todas lindas? Sí. Este era el casado con la Delia, la hermana del medio.

El Pascualini que se le había accidentado el chico.

No, el que vos decís es el del nenito que se quemó con aceite, que estuvo mucho tiempo internado en Córdoba. Sería tío de ese nene. Este es el Pascualini que una vez cuando se fueron de viaje con los de la cooperativa la escalera mecánica le chupó la manga.

El que le había dado el ACV.

Sí, el del ACV.

Un mirar hacia atrás, y, en el tratar de identificarnos, la narración de un obituario, el dibujo que forma la huella de un cuerpo a lo largo de un montón de noches y de días. Y los cambios en la dirección de esa huella, las tardes en que hubo desgracias, acontecimientos inesperados, sorpresas. El sábado cualquiera en que por primera vez Pascualini vio bajar a una de las hermanas Pautaso del sulky, frente a la iglesia. Una noche de jueves en que sintió una molestia en la mejilla izquierda y advirtió que ya no podía mover el brazo y supo, enseguida, que eso iba a ser para siempre.

Yo odiaba esas conversaciones, o les tenía fobia, miedo. Cuando los escuchaba hablar de esas cosas, abría la puerta del pasillo, me sumergía en el frío de la casa sin ca-

123

lefaccionar, me dejaba caer sobre la cama, prendía el velador, abría un libro, me tiraba a leer una novela.

La trama de un libro era una especie de protección, de conjuro contra esos dibujos hechos de puros rayones, trazos flojos, devaneos. Necesitaba darle a mi vida una forma imaginaria.

Leía porque leer era orden, armonía, la promesa de un tercer acto donde todo encajara, donde todo tuviera sentido.

Quería una vida distinta, creo. Me atraía la delicadeza de esos lugares lejanos, «elegantes», perfectos. Me atraían esas tramas tan bien urdidas, que el punto final siempre se convirtiera en el alivio de todos los pesares, la constatación de que todas las pruebas, todos los conflictos habían valido la pena. Quería una vida como la que salía en los libros, una vida como las de las revistas.

Y ese deseo era la única manera que encontraba para decirme a mí mismo que yo me sentía diferente a ellos, distinto.

Me desesperaba imaginarme a mí mismo construyéndome una casa en este pueblo, envejeciendo aquí al son de las siembras y las trillas.

No era miedo al aburrimiento, era miedo al desperdicio.

Escapar para aprovechar la poca vida que uno podía llegar a tener en suerte. Esa ansiedad de base: salir del pueblo, ver el mundo, aprovechar la vida, darle sentido, como si sola, allí, por ya ser, mi vida no lo tuviera.

Sentía que tenía tan poco tiempo. ¿Tiempo para qué? No lo sabía, pero estaba convencido de que había otro tipo de vida esperándome en algún lugar y me imaginaba que solo podría empezar a vivir si descubría cuál era ese lugar y cuál era esa vida.

Entonces estudiaba, me preparaba, trataba de sacarme las mejores notas, aprendía para ser otro, lejos.

Leía mucho, todo el tiempo, todo lo que caía en mis manos. Estrujaba los libros, los diarios, las revistas. Absorbía información, la asimilaba: cualquier cosa podía ser herramienta para abrirse paso, para irse, para camuflarse con los locales cuando estuviera en cualquier otro lugar que no fuera Cabrera.

No lograba entender cómo podía el resto vivir tan calmo su vida, cómo no los ahogaba la pampa también a ellos.
Yo, en cambio, creía saber más que mis padres, que mis abuelos, que mis hermanos, que mis compañeros de escuela.
Nada de lo que había acá servía. Tenía que hacerme a mí mismo, ser mi propio padre, mi propia madre, irme.

Dejé de ir al campo, me convertí en alguien muy responsable, muy serio. Estaba siempre enojado, me pasaba los fines de semana leyendo.

Era solo la necesidad de tenerlo todo bajo control: el caos, el sinsentido, el miedo.

Me creía más que el resto, pero también me sentía menos.

Todavía no lo sabía, aunque ya lo intuía.

O lo sabía, o una tarde lo supe, de pronto una sospecha: ¿y si me gustaban los chicos? ¿Y si yo era uno de esos? No, no podía ser. No yo. No a mí. Yo no era.

La sensación de secreto. Ni siquiera admitírmelo a mí mismo o me pondría en riesgo de muerte.

Sería una gran debilidad y, ante todo, yo necesitaba ser fuerte.

Negármelo para no humillarlos, para no hacerlos pasar vergüenza.

Negármelo también para no ser débil. Mostrarme mejor que todos, más fuerte.

Tenía expectativas muy altas y ponía mucha presión sobre mí.

No sabía cómo cumplir esas expectativas, no sabía si iba a poder, ni siquiera sabía si tendría el coraje de irme.

Leer alejaba el miedo: suponía que identificando todas las tramas posibles, todas las posibles estructuras narrativas, sabría cómo hacer para que mi historia llegara a buen puerto.

«Si huyes / la zona te devora / si permaneces / la zona te asimila / te otorga la palabra hijo», dice Elena Anníbali en un poema.

Honolulú, una palabra casi pura onomatopeya. ¿Habrá sido por eso que a papá le gustaba tanto repetirla?

¿O, simplemente, porque era un lugar lejano y extraño? Honolulú.

¿Papá también habrá soñado alguna vez con irse? ¿Con inventarse un lenguaje nuevo, hecho de puros sonidos? Un lenguaje donde hubiera palabras para nombrar los propios deseos.

Sentía que no encajaba, que no tenía con quien hablar, que hablaba y nadie me veía, que no reconocían quién era, que no me podían mirar.

Hasta el momento en que, muchos años después, conocí a Ciro, esa sensación estuvo siempre conmigo.
No encajar.
No tener un lugar.

Largas conversaciones, todo el tiempo.
Encontrar a Ciro fue encontrar con quien hablar, con quien dejar de hacer silencio.
Y fue encontrar su cuerpo, que se llevaba tan bien con el mío.

Ahora tengo Zapiola y tengo una huerta.
Es importante vivir una vida complicada, leí el otro día no sé en dónde, en algún lugar, en alguna revista.

Cabrera. Día de sol. Cielo sin una nube. Viento sur. Mucho frío. Guadal. Seco. La luz que hiere en el mediodía. Las calles anchas y desiertas. Los árboles bajos talados para que no rocen los cables. El viento. La intemperie. La luz de la siesta que hace doler la cabeza.

Voy a visitar la tumba del abuelo, en el cementerio parque de Deheza. El runrún de la aceitera se escucha lejos, apenas atemperado, pero de fondo, constante. Por la ruta zumban los camiones. Los de la ruta internacional son más largos, cruzan de Brasil a Chile, son como un relámpago, ni siquiera bajan la velocidad. El ruido de sus motores llega un poco desfasado por el viento. Primero se los ve. Después se los escucha.

Sobre la tumba falta un poco de césped. Agregaron planchas de gramilla después del entierro, pero algunas no prendieron y otras todavía no terminaron de extenderse. En uno de los floreros hundidos al ras del suelo hay unas rosas de plástico. En el fondo del florero, un buen puñado de las piedritas que cubren los caminos principales y los senderos. Las debe haber robado mi abuela, para hacer de lastre e incrustar en ellas los tallos de alambre de las rosas, así el viento no las arranca y se las lleva hacia otras tumbas.

No sé muy bien qué hacer ahí parado, leo la placa una y otra vez: un par de fechas, una frase que seguro eligió mi abuela.

Arriba, alto chilla un halconcito con las alas bien abiertas. Se deja arrastrar en círculos, quieto.

De algún lugar llega el rugir del motor de una avioneta pero no alcanzo a verla.

A la vuelta, paro a cargar nafta y me encuentro con un excompañero de secundario. Me cuenta que se separó, que es una pena por sus hijos, que está saliendo con una chica nueva.

No la conocés, me dice. No eran gente de acá, se mudaron hace poco.

¿Vos?, ¿cómo andas?, me pregunta.

Bien, bien, digo enseguida. Yo bien, normal, como siempre.

128

Acá nunca nadie escuchó siquiera mencionar la palabra Ciro.

¿Por qué creía yo que yéndome la luz no iba a herir mis pupilas?

En Cabrera las cosas vuelven a tener su nombre original. El lenguaje vuelve a ser el mío.
Las flores se achuzan.
Los salames no son salames, son chorizos, o chorizos secos.
El pochoclo es pururú.
Poner ropa en el lavarropa es poner a lavar una tachada de ropa.
Si voy a la carnicería ya no tengo por qué llamar bife de costilla a las costeletas, ni tira de asado a las costillas.
En la panadería puedo pedir un cuarto de criollos y todos enseguida me entienden.

Maneras de nombrar el tiempo del día:
A boca de noche
A la nochecita
A la hora del mate
La tardecita
Cuando despunta el sol
Cuando se pone el sol
Al clarear

Papá mira Canal Rural sentado en la punta de la mesa. Le digo que estoy pensando en escribir algo sobre el campo, si me puede ayudar con unas preguntas.

¿Qué querés saber?

Cómo era antes, cuando vos eras joven.

Hace un montón, dice sin apartar la vista del tele.

Dice que no sabe si se acuerda. Que yo tendría que hablar con otra persona, alguien que sepa bien.

Lo que puedas, le digo.

Papá hace que sí con la cabeza, se queda callado, mirando la pantalla. Un ingeniero agrónomo habla sobre el cultivo de mandioca en alguna provincia del norte. Salta. Jujuy.

¿Qué querés saber?, me dice papá cuando el ingeniero agrónomo termina y llega el corte comercial.

¿Qué edad tenías cuando empezaste a trabajar en el campo?, le pregunto.

Trece, catorce debo haber tenido. Yo fui un año a la escuela de pupilo, pero me sacaron enseguida.

¿Y eso en qué año era?

Bueno yo soy del 42, quiere decir que en el 55, 56.

¿Quién estaba en el gobierno en esa época?

Papá duda.

No me acuerdo... Hubo tantos presidentes que...

¿En la época de Frondizi te acordás cómo era?

Frondizi, Frondizi. No, no era mala. Pero no te puedo decir bien como para poner en un libro, dice papá. Estoy pensando quién puede darte una charla sobre eso... El abuelo seguro podría haberte dicho.

No importa, lo que vos te acuerdes.

Estoy pensando quién te puede decir algo más justo. Dejame ver. Tendríamos que dar con un tipo más viejo que yo, alguien que se acuerde.

Lo que a vos te suene, le digo. Cuando vos empezaste a trabajar, por ejemplo, ¿qué se sembraba?

Trigo, lino, maíz. Había muchas más vacas que ahora, un montón de vacas. Todos los viernes había feria.

Todavía no había soja.

No, la soja vino después, dice papá.

En Canal Rural ya terminaron las publicidades. El programa vuelve a empezar. Máquinas agrícolas, sembradoras, rastras de discos. Papá gira, cruza los brazos, mira la pantalla en silencio.

Salimos a dar una vuelta.

Me dijeron que el chico de Fesia se compró un auto nuevo, un Toyota, blanco, dice papá. Andá para allá, así pasamos frente a la casa, a ver si está afuera.

Yo giro el volante.

No, no, para el otro lado, dice papá.

Pero si los Fesias viven sobre el boulevard.

No, el hijo más grande digo, el que se casó con la Gastaudo. Le alquilaron la casa al Oscar Macagno, allá sobre el desagüe.

Asiento. Manejo despacio. Papá se pone nervioso si damos vueltas en otra marcha que no sea segunda.

Pasamos frente a la casa de Macagno. Está todo cerrado.

Acá es, dice papá, pero no, se ve que hoy no sacaron el auto.

Seguimos en dirección al barrio La Polenta.

Andá por esta, indica papá, y señala unos baldíos moteados de casas nuevas.

Está creciendo mucho el pueblo para este lado, cada vez más, dice papá. Están haciendo muchas casas. Esta creo que es de uno de los chicos de Actis, esa de más allá del hijo de Pichulino. Se hace grande el pueblo. Por acá me dijeron que abrió negocio la Mary Gómez, a ver, esperá, da la vuelta a la manzana.

Papá señala un garaje con un toldo al frente.

131

Aquel debe ser, me muestra. Dicen que puso una despensa.

Tomamos la ruta nueva que va a Gigena para ver si viene tormenta. En la entrada del pueblo, hace poco, construyeron una rampa y un terraplén, en el cruce de rutas. Desde que la inauguraron es a donde van todos los gringos a la tardecita a mirar el cielo, porque desde esa altura se ve más lejos.

Subimos despacio. Desde lo alto del puente se ve un potrero de soja ya cosechada, salpicado acá y allá por bolsitas de nailon que el viento arrastró desde el basural. Papá mira el horizonte. Dice que hay tormenta asentada, que hay mucha tormenta asentada.
Yo miro y no veo nada.
Una linda tormenta asentada, dice papá.

La vida en el campo consiste en mirar. Mirar la banda apenas grisácea y pomposa que se levanta sobre el horizonte y saber si es agua o solo nubes. Mirar los halos que dibujan el contorno de la luna. Mirar si el sol entra limpio.
Acá nadie piensa en imágenes satelitales, sino en nubes que se podrían acercar o alejar, en signos en el cielo, en cambios mínimos. La naturaleza tiene un lenguaje hecho de recurrencias. Aprender a leerlo implica saber detenerse, tomar nota, reconocer, mirar de cerca.

La soja, entonces. ¿Cuándo llegó la soja acá?, le pregunto.
¿Año? No, dice papá. No sabría decirte.

¿Y quién la trajo?

La Aceitera, dice papá. El Ñoño fue a Estados Unidos y de allá volvió con trescientas, cuatrocientas bolsas y las repartió entre los gringos. Le dio cuarenta a Cerutti, cuarenta a Perticarari, cuarenta a Malatini. Así se hizo la semilla de la soja acá, en esta zona.

¿A ustedes les había dado?

Nos ofreció, pero el abuelo al principio no quiso. El tío Bauta sí, él empezó enseguida. Nosotros empezamos tres o cuatro años después. La primera vez fue en el potrero del portón de hierro. Eran treinta y tres hectáreas y nos dio treinta quintales.

Yo asiento, papá asiente. Estamos con la camioneta parada sobre el puente, en el cruce de rutas. El motor está en marcha pero la camioneta en punto muerto. Por las dudas, con el pie derecho yo piso el freno. Papá vuelve a mirar hacia el lado de la tormenta. La luz se va poniendo naranja, rosada. Tiñe el vidrio del parabrisas. Le tiñe la piel, las pupilas.

Vino el tío Bauta una mañana y nos puso la máquina a punto. Nos dijo cuántos kilos de semilla poner, los kilos, la hondura, todo, dice papá. El tío Bauta ya le había agarrado la mano, hacía tres o cuatro años que la sembraba. Vino ese día y nos enseñó y al día siguiente nomás se cagó lloviendo, sesenta milímetros de golpe.

Yo vuelvo a asentir. Imagino que no es bueno tanta lluvia después de una siembra pero no sé bien por qué. No conozco esta historia. Nunca se la había oído contar.

El problema de la soja es que si uno la ponía muy honda y llovía, como la tierra estaba floja, la tiraba para abajo, se le hacía costra y cagaste, no nacía más, dice papá. Así que ahí nomás volvió el tío Bauta. Miró un rato y me dijo: prepará la rastra. Agarramos el Deutz 730, que tenía la rueda angostita, y le pasamos la rastra al cejo a todo el potrero. Donde pisó el tractor, no nació más, le había quebrado el poroto. Quedaron las huellas todas marcadas, pero el resto nació bien. Y así y todo, dio treinta quintales. Eran la Gu y la Pla, esas fueron las primeras sojas que se sembraron acá, las que había traído semillas el Ñoño.

Está bien treinta quintales, digo.

Claro, dice papá. Para esa época estaba bien. Imaginate que no había líquidos, fertilizantes, nada. Treinta quintales estaba muy bien.

Después toma aire, baja un poco el vidrio de la ventanilla, me indica que ponga primera.

En esa época a la soja la sembrábamos y la escardillábamos, me dice. Después la desyuyábamos a mano, a pie, con la azada. No había ni fumigadores. Nosotros como a los cuatro o cinco años compramos un Venini que era una porquería. Y después habíamos comprado un fumigador en Hernando. Uno cuadrado que había, color anaranjado, un cachivache, pero andaba. Fue ahí, cuando salió el Roundup, que se destapó todo.

¿En qué año fue esto?

Papá se encoge de hombros.

Yo ni me acuerdo, dice. Los primeros que vendían Roundup en esta zona eran Arsenio Morichetti y Franchisqueti, el ingeniero agrónomo. Él era ingeniero y entonces nos explicaba a nosotros todas esas cosas. El Roundup había que tirarlo en la tierra arada y atrás iba la rastra a moverle la tierra para que se mezcle. Antes de sembrar se tiraba. Cosa de locos lo que uno hacía. Agarrabas la tierra y le dabas una reja, después una mano de múltiple antes de sembrarlo, después le tirabas el Roundup, y después le pasabas rastra y rolo para afirmar la tierra, si no la soja en la tierra

134

suelta no nacía. Nace, pero llueve y te tira la semilla para abajo. Lo bueno del Roundup es que mataba todo, no hacía falta más desyuyarla.

¿Y era mejor?, digo. ¿Subieron ahí los rindes?

Subieron, subieron, dice papá. Pero además, era menos trabajo, menos gasto. Igual, ahora el Roundup no hace más el efecto de antes. Después de treinta años, las plantas están saturadas con Roundup, están resistentes. No hay manera. Cada vez hay que ponerle más cosas. Una camionada de plata.

Volvemos lentamente al pueblo, pasamos frente al galpón que los Pitavino, los ricos del pueblo, están construyendo para sus helicópteros. Son cuatro hermanos que empezaron trabajando cincuenta hectáreas y alquilándole cincuenta más a un tío soltero. Todo soja. Año tras año. Ahora son dueños de casi seis mil hectáreas –o eso dice la gente–. Compraron campos en el norte, en Salta, en Bolivia. Alquilan por todos lados. Se compraron una manzana entera en el pueblo y cada hermano se hizo una casa gigante en cada esquina y mandaron hacer la pileta y el quincho al medio, para compartirla.

Papá me cuenta que ahora está de moda ir a revisar los campos en helicóptero. Ya no hay tiempo para desplazamientos sobre la tierra. Son gente importante, cuidan su tiempo. Ven las nubes desde arriba.

El problema es que uno quiere tener más que el otro, dice papá. Y que las cuñadas se pelean entre ellas por quién usa la pileta.

Después me invita a ir a comprar chorizos de una mujer en Carnerillo.

Dice que los hace igual a como los hacían antes los viejos.

Puede ser engañoso subirse a una montaña, porque la montaña «es inhóspita completamente, es dificilísima para guiarse por entre las piedras y por la nieve», dice Jorge Leónidas Escudero. «Sin embargo, la montaña es sagrada. Y en la montaña sentimos la comunicación con el todo. Lo luminoso, no sabemos si es Dios o qué es. Una cosa tremenda que está más allá de nosotros y nosotros estamos metidos en él. Lo inhóspito de la montaña nos da la sensación de que pertenecemos a un todo más allá de nuestra efímera vida.»

Dios siempre está en lo alto. En el Antiguo Testamento, allí donde hay una montaña, es donde Dios se encuentra.

En las cumbres, las nubes tapan la cima. Ese es el lugar para reunirse con Dios: las nubes, la niebla.

Los que viven en el llano, viven con Dios lejos, viven mirando para arriba.

La llanura, la pampa, también es el vacío de altura. Ningún punto desde donde mirar alto. Ningún punto desde donde mirar desde arriba.

La vida en el llano, sin posibilidad de salir, sin alturas a las que subir para encontrar lo sagrado.

En el Éxodo, Dios es la nube. Guía el camino, da sombra en el desierto.

Un cielo celeste perfecto, sin un solo rastro de blanco.

Una vez que los israelitas llegaron a la tierra prometida, dejó de caer maná del cielo. Dios ya no aparecía en forma de zarzas ardientes, Dios ya no era el fuego. Las nubes se volvieron solo nubes, Dios ya no se escondía en ellas. Las nubes de pronto no significaban nada, ya no decían.

El Padre cuidadoso se había vuelto un Dios huidizo, difícil de ver. Un Dios sin signo, un Dios en ausencia.

¿Cómo leer lo que no tiene letra? ¿Cómo proceder, cómo seguir si no tenemos signos? ¿Cómo seguir sin un padre que nos diga?

Un Dios sin signos es casi un Dios que no existe.

Quedamos a su merced, no lo podemos ir a buscar, solo él puede acercarse si así lo quiere...; el resto es fe.

La montaña como el lugar donde estamos cerca de Dios y desde donde podemos ver a los demás en plano general, desde lo alto, en un plano de ángulo picado o semi-picado, plano cenital sobre el vallisto.

En la pampa no vemos a nuestros vecinos. No tenemos altura para ganar en distancia.

La horizontalidad. La pampa como el lugar donde estamos perdidos.

Una vez intenté contárselo a mamá.

No, dijo ella.

Se le había oscurecido la cara.

No, dijo y nunca supe muy bien qué significaba esa negativa.

No es cierto.

No te lo permito.

No lo creo.

No lo quiero saber.

No lo digas.

No puedo.

Después ya nunca se habló de eso. Si yo sacaba el tema, era como si esa parte no se escuchara. Silencio. Hablar de otra cosa, cambiar de conversación.

Almuerzo con mi abuela. Está bien, lúcida. Tiene noventa y un años pero sigue haciendo la misma vida de siempre. Un par de meses después de que murió el abuelo, la obligamos a que se mudara a vivir al pueblo. Era imposible, alguien de su edad, allá sola, en medio del campo. Ahora tiene aquí su huerta entre tapiales, chiquita pero linda. Del campo se trajo los lirios, las azucenas, los bulbos de gladiolos; siembra solo acelga, achicoria y lechuga, lo que come ella y viene fácil. Zapallos y calabazas, en verano. Y alguna planta de tomates, de pimientos.

¿Repollos no pusiste?, le pregunto mientras arranco unos yuyos y riego un poco.

No, repollo para qué, me dice. Más fácil comprar en la verdulería.

Prepara una carne al horno, unas papas doradas como solo le salen a ella. Después, mientras me ofrece una y otra vez café y una y otra vez le digo que no quiero, le pregunto por la caja de las fotos viejas, si puedo quedarme con algunas, si todavía las tiene.

Por supuesto, dice ella y va a buscarla a su pieza.

Es la misma caja de siempre, las mismas flores en la tela, el mismo desorden de fotos sueltas. Las miro un rato y elijo tres o cuatro, mis favoritas, casi todas fotos de los tíos Giraudo: vestidos de pistoleros, posando junto a un auto recién comprado, de viaje, en Rosario, frente al monumento a la bandera.

Cuando las doy vuelta descubro algo nuevo: detrás de cada foto, sobre la cartulina del reverso, mi abuela ha anotado con letra prolija el nombre de quienes aparecen en la imagen, una pequeña descripción, una fecha tentativa.

¿Y esto?, le pregunto.

Para que cuando yo no esté no se olviden, dice. Para que sepan.

Asiento, no sé qué responderle.

Hurgo en la caja, miro más fotos, miro la imagen, leo el reverso. La abuela se pone a juntar la mesa. Encuentro una foto de ella, el día de su casamiento. El abuelo era un gordito sonriente, ya con entradas grandes, bastante poco pelo, aunque recién volvía de hacer el servicio. Ella tiene un vestido blanco, la falda ancha. Se casaron en Punta del Agua, un día de mucho viento. El viento le zamarrea el vestido, le hace volar el velo.

Y esta, ¿puedo llevármela?, le pregunto.

No, esa no, dice la abuela. Si querés andá acá al quiosco y sacale fotocopia, pero esa me la quedo.

Mi abuela sentada en la punta de la mesa, con la caja de las fotos junto a ella, las ha sacado a todas y, una a una, detrás de cada foto anota quiénes aparecen, el año aproximado, el resumen de una anécdota. Su letra alargada, alineada, escribiendo nombres, apellidos, qué hicieron, cuándo, con quiénes, para que nosotros no los olvidemos.

¿Cómo escribir desde un paisaje sin pasado, sin historia?

Un paisaje pensado como vacío requiere historias que lo llenen.

Requiere una y otra vez contárselas a sí mismo, unos a otros recordárselas, para no caer en el sinsentido.

La historia de los que intentaron llenar el vacío, prolija, escrita con su letra: años, matrimonios, bautismos.

La que pasa la posta en el recuerdo.

La pampa es un paisaje duro, exigente, para nada bucólico. La noche negra. La tierra dura. El viento. El viento. El calor del sol sin una sombra. Sin reparo. La grandeza, el cardal, los años de cardos. La sal en la tierra seca del bañado. La sal en la cara. La constante suciedad, la incomodidad del cuerpo, el agua helada en invierno, la tierra en verano, la inundación, la piedra, la seca, la isoca, las langostas, las tormentas que pasan, el agua que no viene. El llano es duro, el campo es cruel, no necesariamente consuela.

Las historias de los muertos, llenando la llanura sojera.

Funciona por contraste.

Escribir sobre la pampa vacía es también escribir sobre mojones, agrimensores, precios, valores, la necesidad de que alguien recorte, de que alguien mida.

Es escribir sobre reuniones, negociados, cometas, devolución de favores, escribanías, cedulones, papeles.

Títulos de propiedad, potrero a potrero. La línea patriarcal. El padre de familia. La herencia.

En el recorte del vacío, la ilusión de que el vacío desaparezca.

Pampa. En el recorte, en el amolde, en el poner en cuadrícula, el deseo de poseerla.

Esto es mío, dijo el primer Juan.

Esto es tuyo, le dijo a su hijo.

El terror de mirar la pampa: ¿tal vez por eso la religiosidad, el apegarse a Dios en la intemperie?

También porque el de Dios Padre es el único discurso que por estos lugares llena, da sentido.

El campanario de la iglesia: el edificio más alto. El único que se ve de lejos.

El cura como la única persona a quien contarle ciertas cosas que se sienten, que no sé sabe cómo poner en palabras, que se tienen adentro.

El cura escucha, bendice.

«Paciencia», dice.

«Prudencia», dice.

El tiempo es engañoso en las llanuras. La danza circular de las cosechas. Parece que el tiempo no pasa, que todo nace y vuelve a empezar, parece que no envejecemos.

El vacío produce. Las cosechas lo llenan.

La música de las cosechas es larga, misteriosa. Es difícil advertir su cadencia, si es que tiene alguna.

Es necesario mucho tiempo para descubrirle el ritmo, se nos va la vida en aprender a bailar su música.

La música de las cosechas es un hechizo del que es difícil despertar.

El miedo al horizonte.

El miedo al vacío, al sinsentido, a la rutina. A caerse muerto una mañana cruzando la plaza y no tener nada entre las manos para ofrecer a cambio.

¿Por eso me fui lejos de este horizonte?

¿Por eso vuelvo a rodearme de horizonte?

Inmigrantes que vienen de pueblos de montaña y ahora están perdidos en la pampa.

Inmigrantes que extrañan las montañas y ante el vacío se suicidan tirándose al pozo. Se ahorcan porque vuelve la guerra o porque se creen perdidos.

La pampa también enfrenta a esa verdad casi zen: no hay mejor lugar al que ascender, no hay felicidad que alcanzar, no hay ningún lugar adonde ir, no hay ningún lugar al que llegar.

Es esto y va a ser siempre esto.

Algunos pueden asomarse al vacío. A otros les da vértigo.

O te obliga a aceptarlo, y te da sabiduría,

o te desespera,

o te resigna.

La diferencia entre resignación y entrega.

La diferencia entre aceptar y saber soltar.

La diferencia entre ser silencioso y no tener nada que decir.

La diferencia entre sabiduría y anestesia.

Un miedo aterrador, un miedo de muerte, un miedo que paraliza, ese día, mientras daban vueltas en auto con el padre. Si se lo contara, dejaría de existir para él, por completo, lo sabe. Pero tiene que hacerlo. La garganta seca, el temblor en las manos.

El padre escucha, no dice nada.

¿Vas a volver a Cabrera algún día? ¿Vas a volver a vivir acá?, pregunta.

No, no creo.

Entonces hacé lo que quieras, vos sabrás, dice el padre. Pero ni se te ocurra caer con un tipo al pueblo, ni se te ocurra andar contando por ahí cuál es la necesidad, qué tiene que saber la gente.

Después frenan delante de la casa y el padre se baja y el hijo se va.

Vuelvo, regreso. El rosario de pueblos pero ahora al revés. Deheza, Perdices, Dalmacio. Por fin Villa María, la autopista.

De a poco voy dejando de ser el que soy en el pueblo y, a medida que el auto avanza, vuelvo a ser el que soy en Buenos Aires.

Un yo en el pueblo.

Un yo afuera.

Tardo un buen rato en recordar que ya no estoy volviendo a nuestra casa, a la casa que habíamos construido con Ciro, a eso que yo sentía como una familia.

El que soy en Buenos Aires está cambiando, mutando, algo se rompió, todavía no nació nada nuevo.

Lloro un rato y pienso en Ciro.

¿Todavía lo extraño?

Sí, claro. Todavía lo extraño. Todavía me duele, casi

cada día tengo que hacer esfuerzos, cuidar el ánimo, apartarlo de mi mente.

Una vez, hace mucho tiempo, conocí a una chica que, ni bien terminar la universidad, entró en un frenesí de viajes y nomadismo que le duró casi quince años: empezó por Brasil, después España, masajes en la playa, vender bikinis. En Italia trabajó en un bar mientras se gestionaba la nacionalidad. Después la India, Malasia, de nuevo Italia, un tiempo Inglaterra, España de nuevo.

Me contó que de todos esos hogares mínimos que fue armando en la marcha lo que más le gustaba era que en cada lugar podía ser alguien distinto. Inventarse una vida nueva cada vez que hacía nuevos amigos. Sumar o restar hermanos, tergiversar la historia, armar una infancia feliz trepando cerros, una infancia feliz de departamento, una infancia muy triste en un barco pesquero, una infancia cercenada por un accidente con una piedra, lo que fuera.

En cada lugar contar al padre, a la madre, al abuelo materno, a la abuela paterna, a los vecinos, la casa, el barrio, al paisaje, de diferente manera y ser, por lo tanto, alguien distinto.

Estoy acostumbrado a ser alguien diferente en cada mundo en que me muevo: hablar con algunos de vaquillonas y cosechas; con otros, de libros y poesía; con otros más, de arte contemporáneo o cine; o de flores, tomates y semillas; o de amores y chismes, con otros amigos.

Pero a veces, muchas veces, deseo ser siempre el mismo.

Ser el mismo en el pueblo, el mismo en la ciudad, el mismo en el campo, el mismo cuando beso, el mismo cuando extraño, el mismo sembrando en la huerta, el mismo cuando escribo.

Y a veces me parece que cuando más cerca estoy de lograrlo es cuando manejo solo en la ruta, a ciento veinte kilómetros por hora, suspendido en ese movimiento, entre la ciudad y los potreros, flotando sobre los campos de cultivo, sobre la soja que, bajo el sol, lenta mueve el viento.

Contar una historia cambia a quien la cuenta.

Y por momentos la ficción es la única manera de pensar lo verdadero.

JUNIO

Ese miedo en las manos sobre el volante al entrar en Buenos Aires. El temblor. El cuerpo que tiembla. Qué estoy haciendo, qué es esto. Una locura. El estómago se contrae, las manos se crispan. Querer retroceder, olvidar, abandonar, pero obligarse a seguir adelante, porque va a estar bien, va a estar todo bien.

La velocidad de los otros autos. Una camioneta atrás, pegada a mi paragolpes, que me obliga a acelerar, a subir la velocidad. Intento darle paso pero el carril del lado está lleno. Sin saber cómo, terminé en el carril rápido, ahora no puedo cambiarme.

Zarate, Campana, Escobar. Maxiconsumo Marolio. Un camión que pinchó una rueda, un auxilio mecánico que se acerca. Más carteles. Casas quinta. Pasarelas que cruzan por encima. Torres de luces y antenas. Piero el mejor colchón. Gaucho indumentaria resistente. De tanto en tanto, hileras de árboles. Por el rabillo del ojo veo que en todas falta alguno que se ha caído, que no creció, que el viento tiró abajo, las cortinas incompletas. Mi auto cargado: el baúl lleno de cajas de libros, veladores, ropa en bolsas de consorcio, lámparas, una silla en el asiento trasero, frazadas, un edredón, cajas con la vajilla envuelta en papel de diario.

Panamericana. Dos carriles. Cuatro carriles. Seis carriles. Todos llenos de autos. Todos a velocidad máxima. Verse obligado a entrar en el flujo. A seguir. La corriente que te arrastra. No hay retorno. Ya está. No puedo parar. Ya estoy lanzado.

Aserraderos.

Corralones de construcción.

Estaciones de servicio.

Playones con autos estacionados bajo el sol.

Mueblerías.

Casas detrás de cercos. Countries.

Un peaje, la autopista que se eleva. Las casas abajo chiquitas, bajitas. Se les pueden ver los techos, las calles sucias que corren frente a ellas, agua estancada en el cordón cuneta.

Carteles inmensos.

Tanques, cisternas. Edificios a medio terminar. Terrazas deslucidas.

Un auto accidentado arriba de una columna. La indicación de usar el cinturón de seguridad.

General Paz. No tenía GPS, en esa época todavía no existía Waze, o Google Maps. Durante todo el viaje había repetido hasta memorizarla en qué bajada abandonar la autopista y entrar a Capital. Poner el guiñe, doblar a la izquierda. Estacionar en doble fila en la primera calle tranquila que encuentre, llamar a Ciro. Su voz en el parlante del teléfono, indicándome cada semáforo, cada calle, qué iba a ver en una esquina, hasta dónde tenía que seguir, dónde tenía que doblar.

Unos días antes él había ensayado el mismo camino en bicicleta y, para poder guiarme, tenía todo anotado en un bloc de notas amarillas. Me las iba leyendo despacio, preguntándome si ya había visto o no el cartel de tal pinturería, la fachada de una casa cubierta de azulejos marrones, una cuadra entera de calle empedrada y plátanos altos. Manejar hasta su casa con la voz de Ciro en mi oído. Él me esperaba en la puerta. Solo cuando me vio, despegó el teléfono de su cara, lo guardó en el bolsillo.

Bienvenido, dijo.

Vuelvo a Zapiola. Encuentro la huerta bien, linda, encaminada. Luiso la estuvo regando estos días. Muchos yuyos. Las habas crecen a buen ritmo. Los repollos ya largaron hojas grandes, anchas. Las acelgas nomás, un poco estancadas, o no tan frondosas como yo me imaginaba que estarían.

Las arvejas también, no hicieron mucho. Quedaron ahí, chiquitas. Pensé que podrían enfrentar el invierno un poco más crecidas, pero apenas si largaron un par de brotes finitos, hojas que quedaron chicas y salpicadas de pintitas, como si estuvieran apestadas o con oídio. Tal vez las sembré demasiado tarde, el suelo ya estaba frío.

Paraísos muy amarillos. Destacan. Las hojas del roble se han vuelto de un intenso rojo cobrizo, coloradas.

Falta una gallina. Le pregunto a Luiso, que había quedado encargado de darles de comer y mantenerles el agua.

Estuvo pachucha unos días, me dice y me la llevé a casa para que no contagiara a las otras. Murió allá. Debe haber sido algo viral, porque no estaba picoteada ni nada, nomás no quería comer.

Yo asiento. Me da lástima pero esas cosas a veces pasan. Sobre todo con las ponedoras, que tienen fama de delicadas.

¿Novedades en el pueblo?, le pregunto después.

No, nada que yo sepa, dice Luiso.

Atardece a las cinco y media. A las seis ya es de noche oscura.

La tristeza del invierno en el campo.

Las largas noches de invierno en el campo.

Aunque no llega a helar, primer día y primera semana de frío intenso.

Prendo la salamandra. Encuentro un pajarito muerto en el cajón de las cenizas. Se debe haber metido por el hueco de la chimenea en verano y ya no supo cómo encontrar el camino de regreso, la salida.

La casa cambia. Cambia la disposición de los muebles. Todo gira ahora en torno a la estufa.

Frotarse las manos cada vez que se entra, sacarse el frío del cuerpo, acercarse a la salamandra, extender los dedos sobre el hierro.

El olor de una mandarina impregnado en las uñas. Caminar hacia el pueblo bajo el sol del mediodía comiendo de a uno los gajos y dejando caer sobre la huella las cáscaras como miguitas o señales para que vaya uno a saber quién, para que nadie, me siga.

Las acacias ya sin hojas. Solo les quedan las chauchas negras, colgando largas y secas, retorcidas sobre sí mismas y llenas de semillas. El viento las mueve y suenan.

Una rana en la bañadera. Ranas durmiendo apretadas unas contra otras en la tierra del cantero.

Bonnard: «*I am an old man now and I begin to see that I do not know any more than I knew when I was young.*» Lo leo en un libro sobre su obra.

Frío húmedo, nublado. El amarillo de los paraísos contrastando con el cielo plomizo. Lo difícil del despertar en invierno. La fiaca. El cuerpo endurecido por el frío. Salir de debajo de las mantas. Vestirse. La salamandra apagada. Ir afuera a prender la bomba, cargar agua. Poner el café al fuego. Salpicarse la cara con el agua helada que tose la canilla. Castañetean los dientes, tiemblan los labios, un escozor corre por la espalda. Armar un cuenco de agua sobre los dedos muy blancos, casi azules. Lavarse los ojos, recorrer el filo de los párpados, arrastrar hacia afuera las lagañas, alisarse el pelo, mojar la nuca, el cuello, apenas pasarse un poco de agua por las axilas. Secarse rápido. El cuerpo todavía entumecido, rígido.

Empieza el día.

Tiempo de hibernar. Tiempo de quedarse quieto y no hacer nada, dejar que el crecimiento sea por debajo, como las raíces de un árbol, para adentro.

Arrepollado, como dicen los chilenos. «Estás todo arrepollado»: estás todo para adentro, enrollado sobre vos mismo, creciendo solo y apretado contra tus propios pensamientos.

«Dos personas que se enamoran son dos infancias que se entienden mutuamente», dicen Kristeva y Sollers.

151

Ciro tirado en su cama, leyendo uno de mis libros, mientras yo escribo, sentado en su mesa. En un momento, lo veo dejar el libro sobre su pecho, agarrar su teléfono, escribir algo. Inmediatamente suena un ping en mi celu. Mail de Ciro: «está creciendo adentro de mí una ciudad que tiene tu nombre. Fede Town. Tiene plazas, edificios, puentes, bicicletas, terrazas... Cada uno de tus libros le agrega más y más imágenes y me da vértigo».

En el vacío de la llanura. De pronto, la construcción de un pueblo.

Había nacido y vivido siempre en Capital, pero la familia de su padre era de un pequeño pueblo de Santa Fe. Durante la adolescencia pasó allá muchos de sus veranos, acompañaba a su abuelo al campo, tenía primos e iba a visitarlos siempre.

Me lo fue contando de a poco, en nuestras conversaciones mientras cocinábamos, o mientras íbamos a la feria, los sábados a la mañana, o mientras paseábamos por Buenos Aires, los domingos.

Era porteño, pero sabía del andar en bicicleta con una bandita de amigos a la hora de la siesta por un pueblo asoleado y vacío, sabía del calor pegajoso de las noches de verano tomando cerveza en la plaza o a la orilla de la pileta de un club, sabía de asar lechones en Navidad, de robar duraznos y saltar tapiales, de comer ciruelas directamente de la planta y quemarse los testes y las verrugas con la gotita de leche que brota al arrancar los higos. Él sabía, conocía ese paisaje que yo, para poder ser, había dejado atrás, abandonado, había perdido.

Nunca ocultó que le gustaban los chicos. Podía imaginármelo: el primo de Buenos Aires, el pequeño escándalo del pueblo, la admiración y el temor entremezclados. Cada diciembre llegaba con las noticias de último momento: qué ropa había que usar, cómo había que peinarse, el montón de anécdotas de fiestas a las que había ido, de famosos con los que se había cruzado. En su bolso acarreaba casetes grabados de la radio, bandas indies que conocía cuando todavía no las conocía nadie y que ahora les hacía escuchar en el pasacasetes del auto de su abuelo, mientras daban la vuelta del perro, los sábados a la tarde, la prima más grande al volante, los codos afuera, las ventanillas abiertas para que corriera el aire.

Podía imaginármelo, verlo con ojos de pueblerino: el primer aro en la oreja que alguien alguna vez había visto en los lejanos confines de la provincia, el primer piercing en la lengua, el primer chico con el pelo teñido el fin de año en que eligió ser *dark* y usar el pelo negro, los llamados del noviecito que había dejado en Capital y que él atendía sentado en el suelo, junto al teléfono, jugando con sus dedos a enrollar y desenrollar el cable, las gorras con la visera hacia atrás, las piernas raspadas en la rodilla, la bicicleta prestada, el aliento a cerveza, el arrancarse las costras secas y comérselas sentado en el cordón de la vereda, las chicas que se enamoraban perdidamente porque él era inalcanzable, hermoso, citadino.

Podía imaginármelo, cada mañana, cuando lo miraba levantarse de su cama con cara de dormido, o mientras preparaba el mate, al oler su cuerpo, al recorrer su casa, los libros de su biblioteca, el orden neto de los cajones donde guardaba sus calzoncillos, el pequeño refugio que se había armado, un PH viejo en un primer piso, por encima de todas las otras casas de la manzana y al que ahora me invitaba.

Era como si lo conociera de otra vida, como si nuestras infancias se complementaran, como si no hiciera falta decirse absolutamente nada y todo estuviera claro desde siempre.

Saco yuyos y punteo unas canaletas para desagüe. Almuerzo rápido y siesta de apenas un rato. Me despierta el viento: las tiras de la cortina mosquitera que golpean la puerta de la cocina. Afuera bajó todavía un poco más la temperatura. Leo frente a la salamandra. Por momentos asoma el sol, pero la mayor parte del tiempo está nublado. Frío y ventoso. Al atardecer, salgo a caminar. Voy hasta el montecito de álamos. A los que están bien adentro apenas les quedan algunas hojas. Los caranchos ya se empiezan a acomodar en las ramas de las acacias para pasar la noche. Vuelan en círculo los chimangos. Muchos patos en el bañado. Alzan vuelo ni bien me acerco. Un cuis cruza corriendo el camino. Vuelvo. Tortilla con acelga y kale picado fino. También una sopa crema de arvejas, de sobrecito.

El sonido en la noche al entrar en la casa. Las tiras de las cortinas. La puerta de madera. La misma combinación de sonidos que, en mi infancia, en el campo de mis abuelos, hacía la puerta que daba al patio, al lavadero. El silencio de adentro.

El crepitar de las brasas en la salamandra, detrás del hierro.

El sueño de algún día tener una cocina a leña.

El placer de dormir con muchas mantas y peso sobre el cuerpo.

Hojas amarillas de paraíso salpicadas sobre la tierra recién carpida del cantero nuevo.

Repollos variedad «corazón de buey»: no sé si se llama así por lo buenos y fieles que son los bueyes o porque se supone que tienen forma puntiaguda.

La casa en plano general al atardecer, los colores dorados de la última luz de invierno.

Después llueve y los paraísos quedan desnudos.

Me despiertan los truenos, los relámpagos colándose por entre las rendijas de la ventana, los refucilos poniendo blanco todo el cielo. Tormenta. Lluvia a baldazos. Viento fuerte, arremolinado. En la oscuridad escucho gritos. Manoteo la perilla del velador, pero se ha cortado la luz. Me levanto y camino a tientas hacia la cocina. En medio de la noche, la lluvia azota los árboles, el techo, las paredes de la casa. Es abrumador el ruido sobre el zinc del techo, pero de a ratos, entre ramalazo y ramalazo de viento, me parece reconocer –afuera, lejos, gritando– la voz del vecino, sus puteadas. La linterna está en el primer estante de la alacena, junto a los vasos y las copas, en una esquina. La prendo y apunto hacia abajo, solo al piso, un pequeño círculo de luz sobre las baldosas. Voy hasta el escritorio, apago la linterna. Descalzo, espío por la ventana, a ver qué pasa.

Por entre la lluvia que corre sobre el vidrio veo la camioneta del vecino, cruzada sobre el camino, con los faros iluminando mi huerta. El vecino es una sombra oscura, de hombros caídos, que va y viene, corre y pasa por delante de las luces, resbala, grita, se cae, sigue, se levanta. La lluvia le chorrea por la barbilla, por el pelo, salpica, revienta en sus hombros, su espalda. Al principio no entiendo qué hace. ¿De nuevo un ataque de furia? Después, el chillido de un chancho y una sombra que cruza rápido frente a los faros. Me parece que corcovea, que alza los cuartos traseros y tira una patada. Detrás, el vecino que trata de agarrarlo, corre con los brazos extendidos. De pronto, entiendo: se han escapado los chanchos. De pronto, entiendo: ¡los chanchos se han metido a mi huerta! El corazón se me estruja, me aprieta el pecho. Van a destrozarlo todo, mis canteros, los repollos, la acelga. Los escucho chillar, perseguidos. El vecino va y viene. Estoy a punto de salir, pero me freno. ¿Qué voy a hacer? ¿Para qué? ¿Espantarlos? Después de un rato, el vecino se sube a la camioneta, hace marcha atrás, gira y sus faros me llenan los ojos, me encandilan, iluminan toda la fachada de mi casa. Por puro instinto, me agacho aunque sé que, desde esa distancia y entre la lluvia, es imposible que me vea. La camioneta ahora ilumina las paredes de ladrillo de uno de sus galpones, pero solo un instante. Vuelve a moverse, está de costado. Puedo ver las dos luces rojas, en la parte trasera de la caja. Acelera, rodea los galpones, se pierde detrás de ellos, se aleja hacia la zona del criadero. Silencio. Ahora solo queda la lluvia y hasta la lluvia parece caer con más calma. Tardo un rato largo en volver a la cama. Recién cuando me acuesto me doy cuenta de que me tiemblan las piernas, los brazos, que tengo los pies helados.

No puedo dormirme, dormito apenas, me pierdo en pensamientos que se enredan, se vuelven extraños, ilógicos, puro duermevela.

Me pongo las botas de goma y salgo a explorar en un amanecer penumbroso, azulino, muy mojado. Ya no llueve, chispea de a ratos.

Algunos destrozos, pocos, en la huerta. Los chanchos hozaron en el surco de cebollas, aplastaron las lechugas, apenas las acelgas, pisotearon una parte del cantero de habas. Los peores destrozos fueron en el cantero nuevo, pero ahí todavía no hay nada sembrado, así que no es problema, solo rastrillar la tierra y volver a emparejarla. Por lo demás, todo muy verde y húmedo. Un brócoli, el más alto, ladeado por el viento, casi caído, va a haber que tutorarlo. Mucho barro en el camino.

Otra gallina muerta después de la tormenta. La encuentro en medio de un charco, las patas amarillas, pálidas, como lavadas, extendidas hacia atrás, los tres dedos callosos apretados sobre sí mismos, cerrados como en capullo. No entiendo qué hace allí. ¿Por qué no se quedó adentro? Tiene todas las plumas mojadas, chorreadas de agua, pegadas al cuerpo. Parece raquítica. La cabeza no se le ve, está bajo el agua marrón, enterrada en el charco, sumergida. Como si se hubiera caído de cabeza, a pesar de que el charco no es profundo, no debe tener ni tres centímetros.

Las dos gallinas que quedan escarban en el barro, a su lado, sin prestarle atención. Agarro la gallina muerta por las patas. Es como tocar el cuerpo de un sapo, pero endurecido.

Cruzo el potrero de atrás con la gallina muerta colgando junto a mí. La sostengo por las patas, con el pico va

157

arrastrando sobre los pastos muy verdes, cargados de agua. Cuando llego al alambrado, la revoleo en el aire y la tiro lejos, en dirección al bañado. Cae con un ruido sordo y se pierde entre los romerillos, los tamarindos, las cola de caballo.

Luiso me encuentra en la huerta, tratando de acomodar los canteros. Ya no llueve y se queda un rato mirándome. Del bolsillo de su camisa saca un cigarrillo, lo prende.

Ahora no vale la pena, me dice. Hay que esperar que oree. Si movés la tierra ahora, más que cascote no vas a hacer.

Le cuento lo de los chanchos, lo de las cebollas, las lechugas.

¿Y qué hacía acá él a la noche?, pregunta Luiso. ¿Duerme acá ahora? ¿No vuelve a Lobos?

Me encojo de hombros. Le digo que no sé.

¿Qué hora sería cuando lo viste?, me pregunta Luiso.

Las cuatro y algo, casi las cinco.

¿Será que se vino a vivir acá?, ¿lo habrá echado mi hermana?, pregunta.

No sé qué contestarle y me pongo a atar el brócoli caído a una caña que le clavé al lado.

Andá a reclamarle, me dice Luiso. Andá y explicale, no puede dejar sueltos así los chanchos. Hacen destrozo, te van a romper todo.

No los dejó sueltos, le digo. Se le escaparon.

Los deja sueltos, yo sé lo que te digo, me insiste Luiso. Se les ponen malas las pezuñas de tanto tenerlos encerrados y entonces los suelta unos días, hasta que se curen.

Pero Luiso, para qué va a salir a encerrarlos a las cuatro y media de la mañana. Se le escaparon.

Andá a reclamarle, dice otra vez Luiso. No puede ser. Si no mañana te vas a encontrar diez lechones en la quinta. Yo sé lo que te digo, no le importa nada a este tipo.

Luiso insiste tanto que, al final, cruzo el camino y voy a hablarle. El patio frente a los galpones lleno de charcos, una tolva sin ruedas apoyada sobre cuatro troncos, pilas de baterías viejas, tambores herrumbrados. Golpeo las manos y adentro ladran los perros, pero no salen. Están encerrados en el galpón, los escucho raspar con las patas contra el portón de chapa. Golpeo otra vez, otra vez los perros ladran.

Permiso, digo y espero un rato. Me vuelvo.

Como haciéndose el desentendido, Luiso se ha ido para el lado de su galponcito y disimula que trabaja en algo, pero en realidad me mira. Con un gesto de la mano me indica que entre, que siga.

Permiso, digo yo de nuevo y otra vez llamo con las palmas.

Por la rendija debajo del portón de chapa puedo ver los hocicos de los perros, empujan hacia fuera, olfatean mi olor en el aire. Junto al portón hay una puerta entreabierta, desvencijada. La empujo apenas y la puerta se abre. El lugar no es más que una tapera, una piecita pequeña con una sola ventana. A las paredes se les ha caído el revoque, y el piso está cubierto de arenilla. En una esquina veo un elástico viejo apoyado directamente en el suelo y con un colchón de una plaza encima, sin sábanas pero con una almohada y un revoltijo de mantas. Al lado, junto a la cabecera, unas botas de goma con el barro todavía húmedo, una radio a pilas, un calentador de garrafa. Y colgada de un clavo, en una de las paredes, una percha con una camisa celeste, limpia, planchada.

¿Hola? ¿Hay alguien?

Se escuchan nomás los perros, ladrando.

Cierro la puerta, me alejo despacio.

No está, no hay nadie, le digo a Luiso cuando vuelvo a la huerta.

No le cuento de las mantas, del calentador, de la camisa. No le digo nada.

Ojalá lo haya echado a la mierda mi hermana, dice igual Luiso.

Los sentimientos nunca son una palabra. Son una superposición dinámica de gases que se van develando de a poco, solapando, reemplazando unos a otros, volviéndose líquidos en un encontrarse, cristalizando en dolores viejos, en amores reposados.

El lenguaje sirve para las percepciones, para todo lo que entra por la piel, para las astucias de los cinco sentidos, pero los sentimientos siempre un poco se le escapan. Las palabras le erran, o suelen errarle, o no siempre alcanzan para lo que uno siente adentro, en el espacio entre la mente y la carne.

Esos primeros meses, esos primeros años, incluso, cuando al levantar de pronto la vista y encontrarlo allí, comiendo del otro lado de la mesa, o lavando los platos, o leyendo tirado en el sillón, todavía me preguntaba: ¿quién es este extraño?, ¿cómo puedo yo confiar tanto en este pibe?, ¿qué es lo que me oculta?, ¿cuándo se va a terminar esto?

Esos primeros meses, esos primeros años, cuando, de pronto, al levantar la vista y mirar alrededor, todavía no podía creer que todo aquello fuera cierto. La gran alegría, la felicidad que golpeaba de pronto, cuando me apartaba apenas un poco del día a día y podía mirar. ¡Cuánta suerte, encontrarse así! Qué privilegio, qué alegría, haberse encontrado así, haber confiado, haberse animado a subir a la autopista, a dejarse arrastrar entre los autos, haberse dejado llevar.

«Eventually soulmates meet, for they have the same hiding place», solo esa frase, me mandó Ciro un día, en un mail. Yo escribía, tirado en el sillón, la compu sobre mis piernas. Él supuestamente estaba trabajando, sentado en su escritorio, cinco metros más allá.

Te amo, dije y giré apenas la cabeza, buscándolo con la vista.

Yo también. Dejame en paz, respondió él sin levantar las manos del teclado ni volverse a mirar.

Su colchón era muy viejo, muy incómodo, lleno de resortes desvencijados que formaban huecos o que saltaban hacia afuera, empujaban el cotín, creaban lomos de burros, picos, grumos en la superficie. Ciro dormía siempre en la misma postura y del mismo lado, los resortes ya tenían la marca de su cuerpo impregnada y no lo molestaban, pero para mí era imposible dormir en ese colchón, así que en general prefería volver a mi departamento. Mi somier era nuevo, bueno, mullido. Los fines de semana él venía a dormir conmigo.

Cocinábamos en su casa, porque la cocina era más cómoda y estaba mejor preparada. Dormíamos en la mía. Yo ya me había mudado, tenía mi propio departamento. Vivíamos en el mismo barrio, a una cuadra y media uno del otro. Íbamos y veníamos todo el día. Sabíamos los dos de memoria, baldosa por baldosa, esos ciento cincuenta metros, tres minutos exactos, cuatrocientos treinta y cuatro pasos.

Ciro hacía siempre el mismo chiste: no cambiaba el colchón porque si no yo me iba a instalar definitivamente en su casa y él no iba a poder sacarme nunca más.

Como la mayoría de sus chistes, era la forma que encontraba para decir las cosas que no podía o no sabía decir de otra manera. Yo entendía el mensaje, pero al mismo tiempo, no lo entendía. Siempre había una duda en el fondo del chiste: ¿lo decía de verdad, era una advertencia, un quedate lejos? ¿Era solo una forma de poner en palabras una tensión, asumirla, darle un espacio? O, a lo mejor, ¿no era más que una manera de reírnos de nosotros mismos y no significaba nada?

A veces todo ese enrolle de cosas no dichas o dichas a medias se me metía en la cabeza y empezaba a rebotar allí y a dar vueltas, hasta que se volvía agobio, o cansancio, o pena.

Después, no pasaba nada: Ciro estaba, quería estar, nuestra relación seguía, encontrábamos espacios donde hablar, donde reírnos, lo que importaba era el día a día.

De a poco aprendí a no prestarles atención a sus indirectas. A escucharlas solo como algo que necesitaba ser dicho pero que no generaba consecuencias. Aprendí a intuir también sus miedos, lo que callaba y lo que decía entre líneas, lo que hacía esfuerzo por vencer. Los dos todavía nos estábamos conociendo, avanzábamos a tientas, no queríamos apostar demasiado ni salir heridos.

Jugábamos todo el tiempo ese juego: yo me arrimaba, Ciro se retiraba dos pasos. Límites cariñosos en cuanto me veía demasiado cerca. Su distancia me ponía inquieto, yo me alejaba pero lleno de dudas. Entonces él reconsideraba, decía algo, tenía un gesto: me llamaba.

Una vez, en una cena, escuché de refilón una conversación que Ciro tenía, un poco apartado, con una amiga.
«Un neurótico siempre necesita un lugar seguro donde esconderse», le dijo.

Ciertas noches, cuando me volvía caminando solo a mi departamento, en el fondo, muy abajo, me encontraba a mí mismo pensando: ¿dónde voy a encontrar otro como él? ¿Si no me quiere él, quién más podría quererme?
Me sorprendía descubrirme así: ¿qué era este miedo nuevo?, ¿de dónde había salido?, ¿quién era este nuevo yo?, ¿dónde había quedado el que podía solo, el que no necesitaba, el que iba a llegar lejos y demostrarles a todos que así estaba bien?
¿Era amor eso que me había transformado tanto?

Con los años, con los meses, me acostumbré a esa respiración en la forma, en la manera de querernos.
Un equilibrio dinámico entre mis ansiedades y sus fobias.
Mi miedo a estar solo, mi miedo a perderlo.
Su miedo a quedar atrapado, su miedo a que lo quieran y después dejen de amarlo.

Y me convencía a mí mismo: ¿por qué debería ser fácil, si es tan difícil el encuentro?

Esta es la manera en que se construye una pareja de verdad, una pareja en serio, me decía.

Es un trabajo, hay que tener paciencia.

El miedo de cada uno a que el otro nos viera desde muy adentro.

Hamacarse en continuos y complementarios desequilibrios del susto.

Día perfecto, sol de invierno, casi no hace frío. Todo muy verde. La casa helada y húmeda. La huerta linda. La cortina de álamos sin hojas, el montecito de acacias desnudo. La glicina casi por completo amarilla. Las dos gallinas que quedan ya empezaron a cacarear, pero todavía no ponen huevos. En la huerta, los repollos empezando a formar cabeza, el kale Red Russian está en su mejor momento y todos los días junto una bolsa llena. Lo como con arroz, salteado con pasta, hervido. Crudo en ensalada no me gusta, me parece muy duro. Al kale común, aunque todavía le falta, ya se le pueden empezar a cortar algunas hojas.

Las habas no sirven para nada. Y de las arvejas apenas si queda algo. Coseché unas zanahorias gruesas como palo de escoba y bastante largas. Todavía no heló y la planta grande de tomatitos chinos sigue en pie y produciendo. Es increíble. A pesar del frío y de las lluvias tiene unos seis o siete maduros y le quedan como diez o doce verdes, por madurar. La acelga está grande y tupida y, si quisiera, podría cosecharla una vez a la tarde y otra vez a la mañana.

La tierra ya oreó bastante y trasplanté los repollos y los kales de la segunda tanda al cantero grande, junto a las arvejas y las mostazas. Volví a rastrillar un poco y acomodé el cantero que habían destrozado los chanchos. También armé otro canterito a un costado, donde estaban las chauchas.

No volví a ver al vecino desde el día de la tormenta. A veces escucho la camioneta que entra y sale, pero siempre a la noche, tarde. Tampoco se siente ya tanto olor a chancho como antes.

Luiso envuelve las canillas con arpillera, las cubre con un balde de veinte litros boca abajo. Dice que esta noche va a helar y que hay que prepararse. A medianoche me despierto congelado, agrego otra frazada, tiro mi campera gruesa sobre los pies de la cama. Le doy de comer un par de troncos más a la salamandra.

Amanece y sobre los bebederos de las vacas hay una capa de cinco centímetros de escarcha. Luiso viene temprano y los astilla, los rompe con un palo. Las pequeñas esquirlas de hielo crujen bajo las suelas de mis botas cuando camino sobre la gramilla tiesa. A cada bocanada el aire helado como un punzón en los pulmones, los labios entumecidos, insensibles, que tiemblan pero como si fueran ajenos.

El dolor continuo en los hombros, de andar todo el día como hundiéndolos hacia adentro, replegándolos para esconderle el pecho al frío, como los pollos, como las gallinas, como los pájaros, reconcentrados sobre sí mismos, condensados hacia adentro, sobre su ramita seca.

Ya no quedan rastros del verano en la huerta. Las heladas quemaron todo. Arranqué las zinnias, los tagetes, los tomates, las chauchas, arranqué los últimos zapallos. Inmediatamente empezaron a secarse, después de la escarcha. Con la lluvia se volvieron paja que se pudre, húmeda, gris.

Ando sucio todo el día, con olor a humo en la ropa, en el pelo, la piel tiznada, barro debajo de las uñas. El cuerpo cubierto por varias capas de tela. La piel cubierta. Olor a perro impregnado en el pelo. La ropa que no me cambio. La mugre como una forma de mantener el calor. El ritmo del invierno actuando sobre mi cuerpo.

Me despierto con la nariz tapada. Mocos, dolor de cabeza, una contractura en el cuello. Flojera y ganas de no hacer nada, apenas unas líneas de fiebre. Me preparo un café con leche, le agrego leña a la salamandra, me siento a leer.

Al poco tiempo conocí a su mamá y a su hermana. Empezamos a almorzar juntos los domingos. Al principio cocinaba Ciro, alternaba ravioles de una fábrica de pastas con pollo al horno con ensaladas. De a poco, me fui haciendo cargo del menú y de la cocina. Conocí a su sobrinito. En el primero de esos almuerzos no debe haber tenido más de dos años y medio, tres. Enseguida nos hicimos amigos. Dibujábamos con crayones en grandes papeles de estraza. Los desplegábamos en el suelo y armábamos pistas para los autitos, árboles y casas a la orilla del camino. Con cajitas de té y de remedios hacíamos rampas, puentes, edificios. Los pegábamos con cintas de papel, con una trincheta yo les hacía puertas, ventanas, buhardillas, altillos.

Después, más adelante, empezó la edad de los chistes de pedos, las competencias de eructos, los repliques a ver quién había comido la comida más asquerosa del mundo entero:

¡Yo una vez comí moco de dinosaurio!

¡Y yo comí caca de hipopótamo!

¡Yo comí seso de perro!

¡Yo comí lengua de araña!

Domingos luminosos en la casa alta, la casa llena de sol. El sol entrando por todas partes, bañando de luz blanca la pinotea del piso, la mesa de madera clara, las plantas trepando junto a la ventana.

El papá de Ciro hacía un tiempo se había vuelto a vivir a su pueblo. Iba a Buenos Aires muy de tanto en tanto, cada dos o tres meses. Cuando estaba de visita, cenábamos con él los sábados. A veces en la casa de Ciro, a veces nos invitaba a algún restaurante que le gustaba.

El día en que sonó el teléfono y a Ciro le avisaron que había fallecido su abuela. A mí me pareció que no podía viajar solo, en ómnibus, así que me ofrecí a llevarlo. Era un viaje largo, seis o siete horas al volante. Llegamos cuando el pueblo empezaba a despertarse de la siesta. Un pueblo chato, bajo, calles de pocos árboles, no muy diferente a Cabrera, pero más húmedo, más caluroso, con más olor a río y a verano.

167

La sala velatoria quedaba frente a la plaza. El papá de Ciro salió enseguida a recibirnos.

«Él es el novio gay de mi hijo», me presentó a todos sus parientes.

Solo evitó a un par de tías muy viejas y a un primo lejano, que había sido militar y ya estaba retirado.

En una historia de huérfanos el impulso es siempre hallar una casa, encontrar cobijo.

Harto de comer acelga, le regalo a Luiso una bolsa llena y llevo otra al pueblo, a ver si alguien quiere. Se la dejo a Anselmo en el boliche, que se lo regale a quien le parezca.

También le ofrezco kale.

¿Qué es eso?, me pregunta Anselmo como si apestaran o si fueran contagiosas y mira la bolsa con las hojas recién cortadas desde cierta distancia.

Le explico.

Kale, kale, repite él. ¿Y gusto a qué tiene?

Un poco a mitad de camino entre la acelga y el repollo. Ahora está de moda, dicen que es un superalimento.

Anselmo asiente.

No creo que acá nadie lo quiera, dice.

¿Te dejo un poco, así lo probás?, le ofrezco.

La verdad que casi no como yo de eso, así que mejor no, gracias, dice Anselmo.

Vuelvo a casa caminando despacio, con la bolsa de kale colgando de mis manos. Es voluminosa, pero liviana. Desde lejos veo que un camión sale muy lento, cargado a tope, hasta bien arriba, del terreno donde funcionan los hornos de ladrillo. Gira para enfilar en dirección a Lobos y parece ladearse un poco hacia el costado. Se detiene. Una tos de humo negro brota de su caño de escape. Después, como tartamudeando, arranca de nuevo. Avanza despacio sobre el barro, pero no resbala. Salpica el agua de los charcos a su paso.

El cielo está plomizo y en cualquier momento podría largarse a llover de nuevo, así que, en lugar de ir por atrás, sigo por el camino grande. Cuando paso al frente del terreno de los hornos me llama la atención ver que todo está tranquilo y callado. No hay ni un tractor girando en el picadero, ni cortadores armando adobe, ni pilas secándose, ni ningún humo por ningún lado. Puedo ver las dos palas excavadoras estacionadas al fondo, a una le han tapado la cabina con lonas negras. Solo queda el encargado, con un palo de piso saca agua de uno de los charcos que se han formado sobre una de las canchas. Lo reconozco de lejos, estaba entre los que me ayudaron en la mudanza. Me acerco a saludarlo.

¿Qué pasó?, le pregunto y señalo los pozos, las montañas de tierra, la pila de ladrillos partidos y descartados, la superficie naranja del suelo, hecha de miles y miles de ladrillos molidos a lo largo de los años.

Nada, dice él y se saca la gorra a manera de saludo y con los dos brazos se apoya sobre el mango del palo de piso. Ahí se fue la última horneada, dice y señala el camino, en dirección a Lobos.

¿No van a trabajar más?, le pregunto. ¿Cierran?

Se termina la temporada. Con esta humedad el adobe ya no orea. Hasta que no mejore el tiempo, no se puede hacer nada.

¿No se trabaja?

El hombre hizo que no con la cabeza.

Hasta fines de agosto, principios de septiembre, según el año, dijo. Ha sido así desde siempre y así seguirá siendo. En invierno se descansa.

¿Hace mucho que hacés esto?, le pregunté.

Mi familia ha hecho ladrillos durante años. El abuelo de mi abuelo ya hacía ladrillos. Acá es fácil, sobra tierra para el ladrillo. Una vez que se agota nos corremos a otro lado.

Yo asentí.

Una vez me construí una casa, le conté.

El hombre me miró. Sonrió.

Yo también, dijo.

¿Todavía vivís ahí?, le pregunté.

Sí, dijo el hombre. Todavía vivo ahí, con mi señora, los chicos. Es para allá, dijo y señaló hacia el lado del pueblo. Para aquel lado.

¿En Zapiola?

No, pasando.

Después le ofrecí si quería un poco de kale, pero como Anselmo, dijo que no, que gracias.

Durante unos meses buscamos departamentos, PH. La idea era alquilar la casa de Ciro, sumarla a mi alquiler y mudarnos juntos a algo más grande. Pero no encontrábamos lugar para nosotros, o ninguno de los que quedaban dentro de nuestro presupuesto nos gustaba. La rutina de todas las tardes mirar los avisos de ZonaProp y asomarse a la intimidad de muertos todavía frescos, de familias recién separadas, fotos con flash de manchas en las paredes, pasillos oscuros, patios que no eran patios, tristezas cotidianas, lavaderos llenos de ropa sucia, bachas con sarro, agua estancada.

Al final, la idea fue suya: por qué no construir hacia arriba, en su propia casa, anexar una habitación, un escritorio y un baño en lo que hasta ese momento solo era terraza inutilizable. Alguna vez, ni bien Ciro había comprado su PH, un arquitecto le había dicho que era posible y había dibujado rápido un par de planos. Hasta se podía armar un balcón muy grande, una especie de explanada con una pérgola, un cantero, una minihuerta, muchas plantas.

Acomodamos los muebles más grandes en un rincón que parecía seguro. Embalamos su biblioteca en bolsas de consorcio para que no les entrara polvillo a los libros, ni los salpicara el cemento fresco o la pintura. Ciro, con su gata y todas sus plantas, se mudó a mi departamento por el tiempo que durara la obra. Fueron casi cuatro meses de vivir en una especie de selva y muebles duplicados. En el medio, se cayó un techo, se rompió un caño, se inundó la casa, se triplicó el presupuesto, nos endeudamos, lidiamos día a día con los albañiles, con los precios de los materiales, con la pintura, las aberturas, los herrajes.

Para abaratar costos, nos pasamos los fines de semana y muchas tardes lijando puertas, pintando paredes, poniendo enduido, Cetol, antióxido, removedor, barniz, capa sobre capa. Buscamos precios, aprendimos un montón sobre materiales y herrerías, pisos y aislantes. La construcción de la escalera. La instalación eléctrica y todo lo de los caños de agua. El tanque nuevo, las rejas para las ventanas, la baranda, la gran puerta de cuatro hojas que salía del dormitorio a la terraza, los muestrarios de pintura, los muestrarios de enchufes y llaves de luz, las puertas del placar y sus interiores, lo extremadamente caros que son los artefactos eléctricos, las tardes merodeando en casas de iluminación alrededor de cuatro o cinco lámparas, una y otra vez sopesando el cartelito de donde colgaban los precios, sumando, restando. Chequear en el teléfono el vencimiento de la tarjeta. Ir a cambiar más dólares al banco.

Palabras nuevas que empezaron a llenar nuestras charlas: falleba, fratacho, silletero, lijalagua, Ceresita con ese, mordante.

Estábamos cansados, y contentos y todo el tiempo temíamos que algo explotara, que se cayera la loza, que el albañil huyera con la plata, que la habitación quedara demasiado chica o demasiado grande, que no fuera cierto lo que nos pasaba.

De a poco empezaron a subir paredes: ladrillo sobre ladrillo. Crecía algo sólido, algo estable, grande: una casa, nuestra casa.

Armamos una casa.

Construimos un refugio y nos encerramos adentro, a vivir todas nuestras siestas y nuestras trasnoches.
Todos los besos, los abrazos, los chistes, las charlas interminables.
Todos los momentos en que nos buscaríamos al salir de la ducha, o justo al despertarnos, o rápido antes de la cena, o lentos, los dos cansados, al volver de un viaje.
El sol del amanecer lamiendo nuestros cuerpos dormi-

dos. La sonrisa de Ciro, la alegría. Su respiración en la almohada.

Nuestra casa, una pequeña fortaleza donde se podía dormir con las ventanas abiertas, dos pisos por encima del resto del mundo.

Abrir los ojos y solo ver cielo, la inmensidad del cielo inmenso, grande, vacío.

Hace casi veinte días que llueve a diario. Temporal de lloviznas, y chaparrones fuertes, intermitentes. El camino es un desastre de barro, apenas una huella firme que por momentos se pierde y desaparece entre lagunas, lodazales, charcos. Frío, nublado.

Ha llovido tanto que hay agua por todos lados, barro. Agua encharcada, podrida. Las baldosas dentro de la casa siempre están húmedas y heladas. Ni bien baja el sol el pasto se moja, una capa de niebla hasta las rodillas cubre los campos. Humedad, frío. Todos los viejos del pueblo temen enfermarse.

Al prender la salamandra, la humedad se condensa y las paredes se mojan por dentro. Chorrean agua. Para que se concentre el calor, cierro puertas, abandono el escritorio y la cocina a su propia suerte.

Dos palomas, muy quietas sobre una rama, mientras el agua les cae encima. Les cae y les cae. Cada gota dibuja un círculo que se expande en el charco a los pies del árbol. Y cada nueva gota interrumpe la expansión del círculo viejo y traza uno nuevo. Así, de a miles, en simultáneo, todo el tiempo.

Desciende rápida la oscuridad sobre la huerta. Fue un día corto, de invierno. En ningún momento brilló el sol. El cielo de un negro transparente recorta la oscuridad opaca de la tierra.

Amanece. Una niebla blanca y densa lo envuelve todo. El pasto está completamente mojado. El rocío pende del filo de las hojas largas, arqueadas por el peso de las gotas. El rocío vuelve el verde intenso del pasto de un color casi azul, casi gris, casi plateado. El humo de la chimenea cae hacia la tierra, se estanca, su olor llena todo el patio, la galería, los canteros. Mis pasos quedan marcados en el pasto con trazas de un barro denso, negro. De a poco, el sol tiñe de rosado la niebla. Hace mucho frío. Un frío húmedo que se mete en los huesos.

El camino está lleno de barro. Intransitable. Se oye el tractor del vecino, pero ya no se escuchan los chanchos. Un hombre pasa de a pie por el camino. Tiene puestas botas de goma, una boina, varios pulóveres superpuestos. Va sin campera. Miro a ver si es el vecino, pero no, no es. O no me parece.

Llueve constante. Parejo. No se puede hacer nada. Días enteros en que la lluvia es como un murmullo. Adormece. Comer, salir, ponerle leña a la estufa, todo es un esfuerzo. Una lucha. Ensuciarse. Mojarse. No haría otra cosa más que dormir el día entero.

Una casa chiquita, en medio del pastizal. Apretada sobre sí misma, ventanas pequeñas, oscura adentro. Sopa. Humo que escapa de las ollas en una mañana de invierno. Cuando la tapa de la cacerola empieza a tamborilear, bajo el fuego.

Los inviernos en Cabrera son diferentes. Polvorientos y muy secos, con otra paleta: grises luminosos, beige, marrones, colores poco saturados. El olor del frío extremo. Un olor a ozono mezclado con olor a guadal, a polvareda. Olor a viento. El polvo está siempre flotando o se asienta tan lentamente que uno no llega a verlo. Queda su olor impregnado en el pelo, se pega a la piel, arenilla en los cuencos de las orejas, se agrietan los labios, se agrieta la piel, tierra seca en la nariz, en la comisura de los párpados. Acá en Zapiola, en cambio, el olor es a humedad, a barro, a agua estancada, a algo podrido, a todo siempre mojado todo el tiempo.

Las cosas se enmohecen adentro del ropero. Ronchas de hongos gris acerado, verde seco. Hongos como miles de puntitos negros. Brota verdín sobre el respaldar de cuero de las sillas, también sobre la campera, sobre el impermeable colgado del perchero.

Anoche volvió a llover toda la noche y no sé cuánto, porque el pluviómetro marca hasta ciento veinte milímetros pero ya hace varios días que no salgo a vaciarlo y terminó rebalsado. Agua por todos lados. Patio inundado, la huerta inundada, el callejón de los álamos bajo el agua, agua en los potreros, camino grande inundado. No se puede usar el baño porque el pozo negro rebalsa y brota agua por la rendija. Ahora viento y frío. El viento se llevó la tormenta pero sigue nublado. Día gris. La casa rodeada de agua.

Agüita estancada de inundación. En el medio del campo un corredor se espeja entre dos lagunas. El terraplén del tren.

Algunas mañanas Luiso ya ni viene.

Días enteros en que no veo el cielo, solo nubes bajas, pesadas, grises. Extraño el aire limpio, azul, transparente. Voy a darles de comer a las gallinas. Se alborotan al verme, cloquean, se acercan a la puerta. Les tiro dos puñados de maíz partido y los restos de basura orgánica. Cabos de puerro, las hojas de las zanahorias, cáscaras de papas. Las gallinas están chuzas, húmedas de agua, las plumas pegoteadas dejan ver abajo la piel amarilla y las hace parecer pequeños buitres de basural doméstico, demacrados y desnutridos. Igual ellas picotean entre el barro y chapotean sobre los charcos con gusto, salpican y salen corriendo con una hoja en el pico, excitadísimas, como si estuvieran haciendo algo prohibido, como si la hoja fuera un tesoro y se lo estuvieran robando.

A algunas cosas hay que nombrarlas porque si no, no existen; a otras hay que callarlas, para que no sean. Hay que nombrar las nubes. El cielo. Cada uno de los pájaros, cada uno de los yuyos. A veces hago ese experimento: camino y trato de nombrar todo lo que veo. Las hojas de un matorral al que no le conozco el nombre, un poste del alambrado, una varilla, las huellas que dejan en el barro los tractores a la mañana.

Callar hay que callar el misterio. Atenerse a las cosas. Mirar solo desde afuera. Lo de adentro no puede verse. Lo de adentro mejor no decirlo.

Es rarísimo ser uno, estar adentro, todo el tiempo uno consigo mismo, conocerse en cada miseria. Y calculando cuánto ven los otros, qué se imaginarán, qué uno deja que sepan. Estar adentro con uno y no decirlo. Silencio. Silencio.

Un día, cuando ya vivíamos en la casa nueva, Ciro me mandó por WhatsApp esa fotografía de Wojnarowicz, en blanco y negro, la de los búfalos cayendo por el acantilado. Es la foto más triste que vi en mi vida, dijo. Y la que más me gusta.

El pasillo largo y oscuro, el jazmín chino del vecino, que pasaba por encima de la medianera y llenaba con su aroma las noches frescas. La escalerita estrecha, las suculentas sobre el descanso; el Playmobil gigante, de cemento, que le regalé a Ciro una Navidad y que cumplía allí funciones de enano de jardín entre las plantas. Los dos ficus, la puerta de chapa blanca, ligeramente picada abajo. El piso de cemento alisado. Las ventanas inmensas. Un mundo en miniatura hecho de plantas, azulejos reciclados de los años sesenta, una banda de acero imantado donde pegar los cuchillos, la mesada también de cemento, el tacho de basura verde, contra la pared que siempre se manchaba, la heladera vieja. Yo era el encargado de cocinar, Ciro lavaba los platos. Muebles de madera noble; muñequitos y juguetes infantiles en la repisa de la biblioteca de Ciro, fotos y portarretratos en la mía; el escritorio de Ciro debajo de la escalera que subía al segundo piso –la parte nueva–; la gran ventana de vidrios fijos, repartidos; el placar inmenso, su lado del placar, el mío; mis cajones de pronto vacíos; el módulo central, que compartíamos para colgar las camisas, los abrigos; sus cajones, doblar la ropa seca, separar las remeras y acomodarlas en sus estantes o en los míos; el cajón donde guardábamos el lubricante, los preservativos; nuestra cama; el iPad de su lado, apoyado en el suelo; mi silla que hacía las veces de mesa de luz, llena de libros y con un velador que Ciro me había regalado; la ventanita justo sobre la cabecera, de su lado de la cama, que ni bien terminamos la obra se arrepintió de haber hecho y odió al instante y para siempre; mi escritorio, mirando la pared blanca, para no desconcentrarme, las postales pegadas a la pared con cinta de papel, la pila de hojas para reciclar e imprimir de los dos lados; la puerta ventana inmensa, con la vieja pintura blanca descascarada que decidimos no lijar porque era así como nos gustaba; la terraza y sus baldosas color ladrillo, las barandas de hierro; la luz que resplandecía sobre los tanques de agua metálicos de los vecinos; la punta de las copas de los árboles, más allá, en la vereda, por encima de los techos de las casas; todas nuestras macetas: gramíneas creciendo casi salvajes, colas de zorro, pennisetum, formios, arbustos y flores de estación, los plantines que cada primavera íbamos a buscar al vivero de Agronomía, cuatro o cinco jazmines; los cajones donde plantamos salvia, tomillo, orégano, donde en primavera yo sembraba rúcula y lechugas y mostazas, donde un verano intentamos cultivar tomates y se murieron enseguida, achicharrados por el sol del mediodía; las sillas bajas en las que nos sentábamos a mirar el atardecer; la canilla a la que enchufábamos la manguera para regar las plantas —mañana y tarde en verano, cada tres o cuatro días en invierno—; las noches durmiendo con la ventana abierta, mirando las estrellas, enero en Buenos Aires, el respirar rasposo de Ciro, que no llegaba a ser ronquido; el viento fresco, la ciudad vacía, un cierto azar de semáforos en rojo y poco tráfico en la avenida y el momento extraño, en la madrugada, en que la ciudad se quedaba, por tres minutos completos, suspendida en un silencio perfecto.

Todo eso que construimos juntos
con tanta minucia, con tanto cariño.

Nombrar todo lo que ya no es mío.
Nombrar todos los años en que fuimos dos.

El tiempo pasa fácil en las películas, en las novelas. Solo se cuentan las acciones importantes, aquellas que hacen avanzar la trama. El resto –las dudas, el aburrimiento, los largos días donde nada cambia, la tristeza estancada– desaparece a golpe de elipsis, de cortes netos, resúmenes rápidos. Una comedia romántica. Chico conoce chica. O chico conoce chico. O chica conoce chica. No importa el género ni la orientación, hacia la mitad los protagonistas se separan, empieza una musiquita, aparece sobreimpreso en la pantalla un calendario y las hojas pasan rápido, se las lleva el viento. El protagonista camina a orillas de un río, el protagonista trabaja sentado en un escritorio, la canción sigue sonando: es verano, es otoño. «A» sale a correr sobre hojas secas. De pronto ya es invierno, «B» se acomoda la bufanda mientras avanza en medio de una tormenta de nieve. Es otra vez primavera, «A» sale de su casa, compra un ramo de flores. La musiquita y el resumen, una solución fácil para que los guionistas se saquen así de encima el problema de qué hacer con el tiempo.

¿Qué hace la gente triste de las películas con todas las horas del día? ¿Qué hacen cuando no está sonando la musiquita?

Es como si en el tiempo del duelo no hubiera narrativa.

Ayer, ni bien calmó un poco la llovizna, me puse las botas de goma y caminé hasta el pueblo. Era tarde, me llevé una linterna por si a la vuelta se me hacía de noche. En la entrada, antes de llegar a la plaza, en la zona adonde ya llega la cobertura de las antenas y tiene señal el celular, le escribí un mensaje a Ciro:

¿Te puedo llamar?

¿Qué pasa?

Nada necesito consultarte algo

Está bien. Pero que sea corto. Estoy trabajando.

¿Estamos nosotros en la parte de la musiquita?, le pregunté ni bien me atendió. ¿Es este el tiempo que tenemos que pasar separados para que cada uno enfrente sus propias oscuridades, sus propios miedos y, en la distancia, descubrir que el amor es verdadero, que tenemos que terminar juntos? ¿Es este el tiempo de distancia y descenso a los infiernos que hay que enfrentar para sanar nuestras heridas, transformarnos y después volver a elegirnos desde un lugar más sano, más luminoso, un lugar nuevo?

Ciro tardó un rato en responder.

No, dijo después. No creo.

Pero Ciro, nosotros nos construimos una casa.

¿Vamos a empezar de nuevo con esto?, dijo Ciro.

No supe qué responder.

Lo nuestro se terminó, dijo después Ciro. Yo estoy en otro lugar ahora. No te quedes esperando. No quiero volver con vos. No creo que más adelante quiera.

Hace tanto tiempo que solo hablo conmigo mismo que ya me había olvidado de cómo sonaba su voz.

JULIO

Hoy no llovió en todo el día. Un milagro. Cielo despejado. A las cuatro y media empieza a bajar el sol, la luz se vuelve dorada, naranja, ambarina. Las sombras se hacen largas. A las cinco y media ya casi es de noche. Aprovecho la última luz del día para juntar un poco de acelga, unas hojas de kale común y un poco de rúcula. Muchísimo barro en el camino, no se puede pasar. Agua encharcada. Potreros inundados, caminos inundados. Una cigüeña camina con trancos lentos, la cabeza baja, el pico hurguetea en el agua. Hace mucho frío. Los tallos de los repollos se ladean en el barro. Les aporco un poco de tierra con la azada, a ver si logran sostenerse. De a poco van ganando peso las cabezas, se envuelven sobre sí mismas las hojas, se aprietan.

Días hechos de pequeñas incomodidades, incertezas, como flotando sin ir a ningún lado. Pequeños cambios de humor. Cansancio. Desagrado. Búsqueda. Quejas. Todo muy liviano, muy por arriba. Todo apenas por un rato. Días sin consistencia y sin poder arrancar. Sin hacer nada muy grande. Tal vez es solo cansancio, o extrañar, o aburrimiento ante tanta lluvia, tanta agua.

Reviso carpetas viejas, hurgo en los archivos, primeras versiones, intentos, cuentos que quedaron sin terminar. Leo las primeras páginas, escroleo hacia abajo. No recuerdo grandes manchones de lo escrito. No entiendo para qué, qué intentaba, qué quería.

No puedo leerme.

Todavía no, digo.

Como en la huerta, las cosas llevan tiempo, crecen de a poco, y en cualquier momento todo puede salir mal, pueden llegar las hormigas, o el viento, puede caer granizo, venir una plaga, irse la planta en semilla, no llegar a nada, no fructificar, ser al vicio.

No escribir siempre es más placentero. Porque la energía queda en la línea del placer: no hay riesgo, no hay movimiento, hay armonía.

Escribir requiere caos, incertidumbre, ebullición. Es algo creciendo como en el ápice de la acelga: desordenado y para arriba. Requiere cierta fortaleza y también requiere fuerza y no saber bien hacia dónde dirigirla.

Es un poco como construir una casa, pero sin tener planos previos: cavar cimientos, establecer bases sólidas, intentar estructuras que den sentido y forma, de a poco ir levantando paredes, palabra tras palabra, ladrillo tras ladrillo y cuando no funcionan, tirar todo abajo, demoler, empezar de nuevo. Hasta llegar por fin al revoque grueso, revoque fino, los pequeños detalles, iluminar ciertas esquinas, instalar un par de picaportes, agujeros de cerraduras para espiar hacia adentro. Y así y todo siempre

182

queda algo en mala escuadra, siempre aparece alguna gotera.

¿Cómo escribir ahora? ¿Cómo escribir después de? ¿Puedo seguir escribiendo igual a como lo hacía? Vacilo. Anoto mucho. Me gasto en notas que después no uso. Agrego palabra tras palabra como si cada una pesara mil kilos, como si cada palabra significara un tremendo esfuerzo físico. Palabra a palabra, ladrillo a ladrillo. Con cada una tengo miedo de que toda la estructura se venga abajo, que la casa se desarme, que no resista el peso del techo. Con cada una tengo miedo de equivocarme, de no estar a la altura, de quedar en ridículo, de que venga un vendaval y me destruya.

Entonces me siento acá, suelto las gallinas y me pongo a mirar las nubes sobre el campo quieto, a sentir el frío sobre el cuerpo.

El sonido cristalino en la noche helada. Una capa de niebla. Un perro que torea lejos. El pueblo en la oscuridad. Cada uno adentro de su casa, protegiéndose de las temperaturas bajo cero.

La sensación de vidas arrasadas.

El campo es cruel. El ya no saber qué hago acá, el para qué, si tampoco escribo, si tampoco pasa, si tampoco olvido. La vida ahora es una imagen que va desdibujándose, perdiendo sus contornos día a día. La rusticidad, las molestias, el frío al que el campo te enfrenta, la profundidad de lo negro en el cielo. No hay nada más que hacer. Prender la salamandra. Leer. Esperar que el invierno se diluya.

Aprender el tiempo lento de las cosas que crecen. El invierno que lentifica.

A las lechugas hoja de roble parece que les gusta el frío, crecieron bastante fuertes y sanas, a pesar de la lluvia, a pesar de la helada. Las caléndulas y las espuelas de caballero vegetan allí, no avanzan pero tampoco parecen estar muriéndose. Las mostazas nacieron enseguida y ya largaron su segundo juego de hojas. El poco sol que hay pega directo a través de los álamos desnudos, las ilumina y les arranca brillos verdes.

Los únicos plantines de repollitos de Bruselas que había conseguido hacer brotar se pudrieron casi sin crecer. Uno de los repollos comunes se apestó, amaneció recubierto por una marea de pulgones grises, tan pegados a la hoja que casi parecían musgo. Intenté sacárselos pero ya se habían metido adentro, así que lo arranqué completo y lo tiré al gallinero.

Los gajos de hortensia y de salvia que había pasado a macetitas a ver si prendían se helaron enteros. Debería haberlos tapado.

Sigue habiendo mucho kale, mucha acelga. Primeros puerros, no muy gruesos todavía: como un meñique, pero ya alcanza. Arranco pocos, nomás los necesarios y dejo que los otros sigan sumando anillos.

Las que no hicieron nada fueron las remolachas. Ya me cansé, ya no siembro más rabanitos.

Ayer, mientras trabajaba en la huerta vi al vecino más allá del alambrado, del otro lado del camino. Estaba apoyado contra la pared de chapa del galpón, se miraba las manos con la cabeza gacha, contaba algo con los dedos.

Uno. Dos. Tres. Cuatro. Ahí se quedaba, con los cuatro dedos abiertos. Después volvía a cerrar la mano y contaba otra vez. Índice, medio, anular, meñique y volvía a empezar. Estuvo así un rato largo. Parecía tranquilo. Ni preocupado ni nada, tranquilo. Un perro dormía a su lado. En un momento me pareció que el vecino iba a mirar para la huerta, así que levanté el brazo como para saludarlo, pero al final él no se movió. El perro paró un poco las orejas y siguió como si nada. Me olvidé de comentárselo a Luiso esta mañana.

Un brócoli parece que intenta florecer. Raro con este frío. De los coliflores todavía ni noticia.

El pasto está muy verde. Todas desnudas las ramas de los árboles.

¿Cómo escribir entre los escombros, entre el barro y los charcos, juntando, acá y allá, los restos mojados de lo que había sido un día a día, de lo que había sido una casa?
¿Cómo escribir una historia entre los escombros de una historia?

Hojas rotas, zapatos guachos, cafeteras manchadas de barro, platos partidos, cachados, pedazos de vidrios, retazos de conversaciones, pasos en la escalera, olores, a veces olores, que se me aparecen en sueños, o de golpe, como una puntada, un chispazo.

«Cuando uno está en el medio de una historia / de un cuento, no es para nada una historia / un cuento, sino es solo confusión, ceguera, un aullido a oscuras, un desparramo de astillas y vidrios. Es mucho después cuando se vuelve algo parecido a una historia / a un cuento», dice Margaret Atwood.

La gran energía que requiere la escritura es la de ordenar, la de contar el cuento, la de darle un orden y una estructura, encontrarle un sentido.

Es difícil resistir la tentación de un mundo ordenado. La sensación de control que da narrar: control del pasado, control de la historia, control de lo que viene, de lo que puede llegar a pasar.

La velocidad de las palabras seduce cuando uno cree que va a poder ordenar el mundo a golpes de teclado. Estructurar, ordenar, contar mundos perfectos, armónicos, seguros, con la ilusión de que el mundo se vuelva perfecto, armónico y seguro. De que, como en el cuento, las cosas, todo esto, también signifiquen algo.

Contarnos la historia para seguir adelante. Asegurarse de que el dibujo que se arma sea, por lo menos, agradable.

Al fin y al cabo no somos más que personajes en busca de una trama que le dé sentido a la historia, tratando de identificar la narrativa en la que estamos inmersos, de asegurarnos, desde ahora, de que el final va a ser feliz, o por lo menos, bueno, o por lo menos, digno.

Tranquiliza sentir que la vida tiene una forma.

No pedirle a la escritura lo que la escritura no puede dar.

Hace muchos años, al final de mis veinte, en un control de rutina, mi médico me dijo que si seguía con la presión arterial en esos niveles íbamos a tener que subir la dosis del medicamento, agregar un diurético o tomar alguna medida.

Es mucho para alguien de tu edad, dijo.

En esa época todavía vivía en Córdoba, daba clases en una universidad, coordinaba talleres, había publicado un par de libros. Tenía presión alta desde los dieciocho: la presión que el cuerpo ejerce sobre uno mismo. Cómo el propio cuerpo se aprieta hacia adentro –se arrepolla, se encierra– y aplasta / contrae venas y arterias.

Las causas no estaban claras. Tal vez el consumo de sal, y la vida sedentaria, sí, pero también la presión de ser que me imponía a mí mismo. Ya me había ido, pero sentía que todavía no podía ser. Por entonces tomaba Amlodipina, la misma dosis y el mismo medicamento que mi abuelo –en esa época un señor de setenta y algunos años–. Cada vez que iba a Cabrera y me olvidaba las pastillas, le pedía a él que me pasara de las suyas.

En esa misma consulta, el médico me recomendó ejercicio –que yo hacía poco y salteado–, o meditar, o «algún tipo de laborterapia».

¿Laborterapia?, pregunté.

Algo manual, dijo el médico. Carpintería, tejer, pintura, algo que a vos te guste y que te ayude a parar la cabeza.

Monyu, una de mis amigas, era ceramista, y decidí tomar clases con ella. Todos los jueves iba a su taller a la hora de la siesta y Monyu me ponía a amasar arcilla, mezclar esmaltes, armar piezas de a pellizco. Después, cuando pasó cierto tiempo, me sentó frente al torno.

El proceso de torneado es simple: con presión y agua se pega a la platina giratoria una masa amorfa de arcilla —bien amasada, para asegurarse de que no queden adentro burbujas ni cámaras de aire—, se le da marcha al motor, la masa amorfa empieza a girar y, con un poco de agua y el trabajo de las manos, se intenta que esa masa tome una forma y se convierta en algo útil, reconocible, provechoso.

Lo primero es lograr que entre en eje. Ese proceso se llama «centrar» y es vital para que el proceso termine más o menos bien. Poner en eje, centrar, con la fuerza —y se necesita bastante fuerza— de las palmas y los dedos de las dos manos, empujar hacia adentro la arcilla, empujarla sobre sí misma para que absorba y pierda cualquier asimetría que posea y —gracias a la fuerza centrípeta— encuentre un equilibrio armónico que le permita girar en paz sobre sí misma.

Para lograrlo, una parte es maña —la postura, las fuerzas exactas y precisas que hay que hacer con la cadera, con la espalda, apoyar los codos en las rodillas, cómo poner las manos, cómo poner los dedos— y otra parte es lógica: darle a lo amorfo un centro y lograr que su eje coincida con el eje sobre el cual gira la platina.

El placer, ni siquiera de hacer un cuenco, sino de domar un trozo de arcilla y obligarlo a centrarse en el torno. Todo lo demás puede hacerse, con mayor o menor pericia, solo si el centrar es exitoso. Después de centrar, es solo saber cómo mover las manos, mantener la velocidad correcta: cuencos, platos, vasos, floreros, con paredes rectas, con paredes curvas. Todos parten de lo mismo: una pieza centrada, una armonía que gira en equilibrio en relación con un eje.

Centrar, equilibrar, uniformar, volver armónico. El placer de darle forma a algo que no lo tenía. La belleza de un cuenco fresco entre las manos. El placer de que el fuego lo queme y lo vuelva sólido, algo para siempre.

En un torno, belleza es aplicar fuerza, energía, es dominar lo diferente y llevarlo a un volumen conocido, reconocible. A partir de superficies particulares, que mis manos apliquen un límite potente, para acariciar siempre lo mismo.

Al escribir un cuento, a veces, pasa algo parecido: domar la masa de palabras, de hechos, de ideas, quitarle particularidad a la imaginación, a la vida, solo por ya tener metida en la cabeza una imagen de lo que está bien, de lo que es un buen cuento, de lo que es un lindo cuento, de lo que es un cuento bello.

Como un cuenco, como un plato, como cientos, como miles de cuencos y platos siempre iguales a sí mismos.

Al principio, quería que todo estuviera perfecto en la huerta. Dibujaba, hacía croquis, planificaba, acomodaba los plantines, disponía los canteros, me preocupaba. Poco a poco, las plagas y las malezas empezaron a ganarme de mano, la huerta empezó a ser un poco así nomás, como salía, desprolija y entremezclada. Como se va pudiendo. O como, a veces, no se puede.

Hay algo del placer de dar forma, de controlar la forma de las cosas, que tiene la cerámica, que antes tenía para mí la escritura y que no tiene la huerta. A la huerta hay que entregarse: disponer y después que el clima y la suerte alteren, pulan, moldeen.

El frío quema algunas cosas, a otras las favorece. Pasa lo mismo con la lluvia, la llovizna, el barro, la tierra oscura, pegajosa, densa.

Con la arcilla, la armonía se logra por destreza y aplicando fuerza. Belleza implica imponer límites, usar músculos, cierta violencia, cierto gasto de energía.

En la huerta, siempre hay algo naciendo y algo muriéndose. Si llega a haber armonía, es por pura contingencia, dura apenas un momento.

Antes pensaba que había que tratar a la escritura como a la arcilla. Ahora me pregunto si se podrá escribir como se hace una huerta.

Una semana entera sin lluvias. Está frío y nublado. Todo sigue lleno de barro y el agua no baja en los campos, pero no llueve.

En estos días volvió a helar varias veces, aunque nunca heladas tan fuertes como las que recuerdo de mis inviernos en Córdoba. Nunca impenetrables capas de hielo sobre las aguadas, nunca caños que se revientan, ni una tira de gotas blancas, congeladas, escapando de una canilla que se olvidó abierta.

Luiso dice que es porque acá hay mucha humedad, por eso nunca llega a hacer tanto frío. A los repollos se les forma un escarchado brillante en el reborde de las hojas, en las nervaduras; más allá de eso, nada. Las acelgas quedan un poco alicaídas, pero solo un par de días. Igual, si corto enseguida las hojas dañadas puedo comerlas sin problemas. Los kales, las zanahorias, los puerros, es como si no lo notaran. A las lechugas las tapo cada noche con una tela.

Ayer no quedaba más arroz, no había más fideos, poca yerba, hacía más de cuatro días que no comía carne, solo acelga, kale, zanahorias, y lo que hubiera en la huerta. Agarré la mochila, me puse la campera, las botas y caminé por el barro hasta el camino grande. Una laguna de setecientos u ochocientos metros. Agua a tope, de alambrado a alambrado. Cielo plomizo. Los cachetes tensos, los ojos y la nariz lagrimeando por el frío. Mientras estaba ahí justo pasó una hilera de camionetas rumbo a Lobos, alejándose del pueblo. Se veía que el fondo del camino era firme, porque iban despacio, pero sin resbalarse ni hacer fuerza. Ninguna se quedó empantanada. El agua les llegaba por encima de los guardabarros. Se abrían paso y levantaban hacia los costados grandes abanicos de agua amarronada. Parecía un desfile. Desde una de las camionetas, me saludó un nene con guardapolvo blanco. Supongo que lo llevaban a la escuela.

El camino de atrás, un poco más alto, estaba lleno de charcos, pero no inundado. Se podía caminar fácil.

Muchos patos, de diferentes tipos. Conté cinco o seis especies. Me gustaría saber un poco más para poder identificarlos.

En la última parte, pasando el bosque en rectángulo, justo antes de llegar al pueblo, una gran laguna de cien, ciento cincuenta metros. Estaba ahí, tratando de decidir si subía al potrero para cruzar por arriba o si me iba a dar la altura de la caña de las botas como para vadearla, cuando vi que desde el lado del bañado se acercaba un Rastrojero. Frenó a mi lado y me hizo señas para que subiera. Me trepé a la caja, porque tenía las botas llenas de barro y adelante le iba a ensuciar todo el piso. Además, adelante, en el asiento del acompañante, iba sentado un perro.

Cruzamos y a la mitad de la laguna el Rastrojero perdió por un momento la huella, y empezó a dar bandazos. Ya creía que nos quedábamos empantanados, pero el chofer volanteó un par de veces con pericia, el motor rugió en el agua, carraspeó el Rastrojero, se zarandeó todo el chasis, y logramos pasar indemnes.

Me dejaron a la entrada al pueblo, apenas terminada la laguna, y enfilaron para el lado de la plaza. El chofer me saludó tocando la bocina y el perro sacó la cabeza por la ventanilla para mirarme con la lengua afuera.

Mucho silencio en Zapiola. Cielo nublado, mañana tranquila. A mi alrededor solo se escuchaba el grito de los chimangos, el ruido de mis botas haciendo sopapa sobre el barro. Pasé por la carnicería y después fui al almacén de Anselmo.

¿En qué te viniste?, ¿caminando?, me preguntó mientras se sobaba las manos frente a la pantalla de la estufa, pegado a la garrafa.

Le conté de la laguna, del Rastrojero.

Debe haber sido Cupri, él es el único que tiene Rastrojero. ¿Iba con un perro adelante?

Dije que sí.

Ahí tenés. Era Cupri, asintió Anselmo.

Le pedí queso, galletitas, yerba, fideos.

Son bravos los inviernos acá, dijo y se dio vuelta y empezó a buscar las cosas en los estantes.

Después, cuando salí y volvía para casa, en medio del potrero que divide los dos centros, me crucé con un hombre que venía del lado de la capilla. Era un hombre viejo, nunca antes lo había visto. Tenía la boca hundida y apretada, como si hubiera olvidado la dentadura postiza en algún lado. Llevaba puesta una campera larga hasta las rodillas, de color verde. Caminaba ladeado hacia delante, pero decidido, en dirección a la estación de tren.

Abrazada al pecho llevaba una caja de zapatos envuelta en una bolsa de nailon. La apretaba contra el cuerpo, como si alguien, en cualquier momento, fuera a arrebatársela.

Lo saludé pero ni me miró. Me pareció que estaba preocupado, los ojos alertas, el ceño fruncido. Me volví.

¿Está bien, señor? ¿Necesita ayuda?, le pregunté.

Sin siquiera frenar, el viejo levantó rápido un brazo, como mandándome a la mierda, y siguió su camino.

En los pies tenía puesto un par de esas pantuflas de abuelo, de felpa o algo por el estilo. No tenían ni una sola mancha y él, sin siquiera resbalarse, caminaba por sobre el barro a toda velocidad.

Ayer encontré otra gallina, la tercera, muerta en el gallinero. Estaba cerca del alambrado, tirada en el suelo y con un manchón de plumas desparramadas alrededor, sobre la tierra húmeda.

En el lomo se le podía ver una herida grande, una rasgadura que le llegaba hasta el hueso. Había sangre, se le veía el cuero amarillo, la carne. La cabeza estaba caída de costado. Tenía el ojo abierto y fijo, en la pupila se le reflejaba el cielo y las ramas de los eucaliptos.

La otra gallina –la única que queda– estaba adentro. Enseguida corrió a comer cuando le tiré maíz. No parecía herida ni desplumada. Estaba tranquila. Revisé el alambre tejido, la puerta. No encontré huecos por ningún lado ni nada fuera de lo usual. Yo había estado toda la tarde en casa y no escuché ni un solo ruido.

Se lo conté a Luiso, esta mañana.

Un perro no puede haber sido, le dije. Y la comadreja a esa hora, así a plena luz del día, me parece difícil. ¿Será un zorro? El alambre estaba entero, no sé por dónde se puede haber metido.

Un carancho, dijo Luiso. Seguro fue un carancho. ¿Tenía el lomo mordido?

Dije que sí.

Has visto, fue un carancho. Se ve que andan hambreados. ¿Ya ponía huevos la gallina?

No, ninguna de las dos. Todavía no empezaron.

Luiso suspiró, movió un poco la cabeza.

Mal negocio has hecho vos con esas gallinas, me dijo.

Miro el campo y me gana la inquietud.

Tiene que ver con preguntarse qué significa. ¿Qué significa el campo? El horizonte, el pastizal, las nubes haciendo sombra sobre el potrero.

Nada. No significan nada. Son.

Es como estar frente a una catedral o algo inmenso.

¿Es como estar frente a Dios?

Es solo contemplar.

No hay que concluir nada a partir de la contemplación. Solo contemplar. No analizar. No sobrepensar.

La forma de un charco en el barro no significa nada. Es.
Las cosas son.
Mirarlas.
No ordenarlas. No ordenarlas en historias. No buscarles una causa, un motivo de ser, un final. No darles un orden. No darles un significado.

«La pregunta importante no es ¿qué significa?, sino ¿qué es?», dice Anish Kapoor.

Si dejo de escribir, ¿qué pasa?
Si dejo de escribir, ¿qué soy?

Lo que me gusta de la huerta es que no hay que pensar. Es simplemente hacer y hacer. Clavar la pala, puntear la tierra, rastrillar, sacar yuyos, sembrar, embarrarse, podar, ir, venir. Hacer y hacer y hacer. El cuerpo se cansa. La mente en blanco.
Escribir, en cambio, es pensar siempre. Intentar traducirlo todo a palabras. Tratar de acercarse lo más posible a ponerles un nombre a las cosas. La mente se agota en esa precisión imposible, la cabeza parece que va a explotar.

¿Cómo contar sin historia? ¿Sin ordenar? ¿Sin tratar de que tenga sentido?
Simplemente contar y no tratar de entender en el medio.

Un cuento que sea oscuridad y, solo de tanto en tanto, fogonazos de luz anaranjada, o roja, o blanca, o amarilla.

Un cuento como una sucesión de fuegos artificiales. Empiezan, explotan, terminan. No hay sentido. Irrumpen en la noche, se queman en una belleza estridente y chamuscada, y al final solo hay humo, solo hay noche.

Fuegos, pero artificiales.

Explosiones para mirar, para que otros las sientan vibrando en sus pupilas, para que le salpiquen la piel con cenizas o ascuas.

Armar fuegos para que solo alguna parte, mínima e impredecible, fulgure en la pupila del otro apenas un instante. Imposible saber qué otro. Imposible saber qué parte.

Explosiones tontas, sin lógica, sin trama. ¿Arriesgarme a que el lector deje el libro de lado, a que diga que es malo?

Ese es siempre el único miedo: al rechazo. De mi padre, de mi familia, de mi pueblo.
Ese es el dolor inenarrable: el rechazo de Ciro.
Quedar preso de organizar la historia, de contar bien el cuento, de no aburrir, de ser entretenido, de crear tramas y seducir con la intriga, de ser cada vez más original, de contar cada vez historias más perfectas. Por miedo al rechazo no poder ser libre.

«¿Y si una vida no tiene narrativa discernible, ninguna acción principal coherente?», se preguntaba James Wood en un artículo que leí el otro día. «Las vidas de hoy no lucen para nada como novelas convencionales», dice.

Esa primera noche, después del entierro, me ofrecí a quedarme a dormir con mi abuela, para que no la pasara sola. Fuimos al campo, manejé yo. La forma del cuerpo del abuelo todavía impregnado en el asiento de su camioneta. Los pedales lejos, porque él era más alto; la perilla de la manija de cambios gastada de tanto sentir el roce de su mano; sus cartas, unos recibos, unas facturas sobre la luneta, como si recién las hubiera retirado del correo. Una de sus libretitas en el bolsillo de la puerta, junto a la gamuza y los papeles del seguro.

Hicimos el mismo recorrido de siempre: Güero, el camino del ahorcado, el camino de Perdices, el campo de Juan Pancho y Juan Jorge. La abuela miraba al frente, las manos cruzadas sobre la falda. Silencio.

Al llegar, sobre la mesada de la cocina encontramos un mate lleno de yerba seca, abandonado seguro ahí en el apuro de la corrida. La abuela no dijo nada, vació la yerba en el tacho, lo lavó bajo la canilla.

En el baño, todavía, sus maquinitas de afeitar, su cepillo de dientes, sus pastillas para la presión, sus peines de baquelita.

Alguien había olvidado abierta una ventana y una capa de polvo cubría las baldosas de la habitación, podía sentirlas debajo de mis pies descalzos.

Le preparé un té a la abuela. Le pregunté si necesitaba algo, si estaba bien.

Las sábanas de mi cama heladas, muy frías. Meses enteros, años, sin que nadie duerma en esa cama.

Intenté leer un rato pero no pude concentrarme. Las líneas se cruzaban frente a mis ojos, así que dejé el libro sobre la mesita de luz y fui al baño.

Al pasar frente a la puerta de su dormitorio, vi a mi abuela acostada, muy quieta, boca arriba, mirando el techo, el placar, las cortinas marrones que cubrían las ventanas, las mismas cortinas de siempre, las mismas cortinas de todos esos largos años.

¿Te apago la luz?, le pregunté.

No, me dijo. Voy a leer un rato.

Yo asentí y volví a mi cama.

En un momento, la escuché levantarse, abrir y cerrar cajones, buscar algo.

¿Estás bien?, dije en voz alta, sin moverme.

Sí, sí. Dormí que es tarde, me respondió ella. ¿Necesitás más frazadas? ¿Estás bien? ¿Tenés frío?

Estoy bien. Leo un rato más y ya apago.

Después, en el silencio del campo quieto, escuché cómo ella volvía a acostarse, el rechinar del colchón cuando se acomodaba, el rozar de las sábanas. El sonido de la perilla del velador al apagarse. Giró una o dos veces. Desde mi habitación podía escuchar su respiración tranquila, acompasada. Sabía que no dormía, que estaba quieta, en su lado de la cama.

Pasó media hora, o cuarenta y cinco minutos, antes de que su respiración se hiciera más áspera. Después, casi enseguida, empezó a roncar.

Yo todavía me quedé un rato muy largo mirando el techo, sin querer apagar la luz y sin saber qué hacer más que escucharla dormir del otro lado de la pared.

«Esa tristeza ahora, de yuyos y cardos que nadie corta», leo en un poema de Osvaldo Aguirre.

Camino hasta el pueblo para llamar a mi abuela porque es su cumpleaños. Cumple noventa y dos.

Le pregunto cómo está.

Anoche fui un rato a la galería con mis amigas, me dice. Fui con la Titi Broilo y la Nucha Biglia. Había poca gente. Compartimos un tostado entre las tres y comimos las papas fritas que te dan, los maníes y esa fue mi cena. Volví como a las nueve y media y ya me quedé en casa.

Le pregunto por sus otras amigas, por qué fueron tan pocas.

Y qué querés, me dice. Mis más amigas, mi barra, están todas hechas un escracho. La Olga tiene los reumas, la artrosis, hay que ayudarla a subir las escaleras, si pedimos un remís, hay que ayudarla a subir y bajar del auto. La Tere está lúcida, pero se quedó ciega. Ve algo, distingue los bultos, pero hay que acompañarla, sola no puede andar. Me lleva veinte días ella. Somos de la misma edad, cumple ahora a fin de mes y está ciega, ciega, ciega. La Elvita, de acá al frente, que es una santa que si no voy a verla ella me llama por teléfono, camina con el andador. A la Ana el mes pasado la terminaron internando en el asilo y se va a quedar ahí, esa no sale más. El otro día la llevaron a la misa, pero el cura la retó, la hizo sentar en un banco y que no se moviera. Ella quiere hacer, quiere pararse, sentarse, pero no aguanta, tiene las piernas a la miseria, el corazón débil. Las únicas que me quedan son la Nucha y la Titi, y a la Titi la tengo que manejar un poco yo, porque si la dejo sola se pierde.

¿Qué le pasa a la Titi?, pregunto.

Y, no está bien de la cabeza, dice la abuela. Estando al lado mío, ella me tiene confianza, entonces no se pone nerviosa y no se desubica. Si no, se pierde. De lo bien que estás te pregunta qué día es, dice que se quiere ir, que tiene que ir a ver al hermano. Hace diez años que se murió el hermano, imaginate. El problema de la Titi es que no quedó bien después del golpe en la cabeza, pero bueno, se las arregla. Ahora en la novena, anotó todas las misas ella porque le encanta anotar las misas, pero había que estarle ahí al lado todo el tiempo, decirle: Titi hacé así, da vuelta esta hoja, lee esto, lee aquello, entonces hace perfecto, pero si la largás sola, es un desastre.

Pobre, dije yo.

Y bueno, qué querés, dijo la abuela. Son cosas que pasan. A mí me va a pasar también, porque los años pesan, aunque yo estoy bien, pero los años pesan. Así que bueno, así es la historia con las mujeres de mi barra. Me estoy quedando sin amigas. Yo soy la más *engambará* de todas, me voy a tener que conseguir amigas más jóvenes, si no, no voy a poder salir más de mi casa.

Yo asiento, es un día claro y húmedo, el viento me golpea la cara, me caracolea en el pelo. Me pongo de espaldas al viento para que no zumbe en el teléfono.

¿Cuándo tuvo la Titi un golpe en la cabeza?, le pregunto.

¿La Titi?, me dice. Hace mucho. Se cayó, la atropelló un auto en un viaje que habían hecho con los jubilados. A Carlos Paz habían ido.

A veces me gustaría poder ser un pintor abstracto. Trabajar la pintura, los pigmentos como pura materia. Partir de la felicidad y la inocencia e ir a la materia. Solo materia. Abstracción. No representación. Poder hacer eso con el lenguaje: escribir algo sin sonido, sin tener que entender y aclarar, algo que parta del cuerpo, algo que sea solo letra, solo dibujo, palabras y oraciones que no signifiquen nada. No tener que pensar.

A veces me encantaría no decir nada y solo hacer un listado de palabras que ocupen el tiempo. Un listado con mis palabras favoritas:

Lombote
Lonja
Ponchada
Refucilo
Orear
Fajinar
Tupido
Revienta
Pando
Picaflor
Chilcal
Chinela
El verbo achuzar
El adjetivo chuzo
Chanfleado, aunque no sé si chanfleado es una palabra que se use en todos lados o solo en Cabrera.

Palabras para mirar. Eso y nada más.

A veces solo quiero quedarme callado. No hablar. No escribir. No hacer nada, por mucho tiempo.

Una palabra no doma el cuerpo.
Ninguna palabra doma la pena. Ninguna palabra la espanta.
Ninguna palabra la logra decir de verdad.

AGOSTO/SEPTIEMBRE

Hay un señor que quiere conocerte, me dijo Anselmo hace unos días, cuando fui a comprar un foquito para cambiar el que se había quemado en la cocina.

¿Un señor? ¿Quién?

Wendel, dice que cada vez que pasás frente a su casa, mirás para adentro.

¿Yo? ¿Dónde vive?

En la punta del camino que sale acá del pueblo y corre contra las vías. El campito ese de las plantas.

¿El recuadro de árboles?, pregunté.

Ese.

¡El bosque en rectángulo!, dije. Pero si ahí ni parece que viva gente.

Ahí vive Wendel, asintió Anselmo con la cabeza. Ya le expliqué que sos curioso nomás, pero que parecés buena gente. Otro día te lo presento, así se queda tranquilo.

Esa tarde, cuando volvía a casa, pasé caminando más rápido de lo usual frente al bosque en rectángulo y traté de mantener la vista siempre al frente, mirar solo hacia el camino, hacia delante. La mayoría de los árboles del bosque ya habían perdido casi todas sus hojas y el bosque ahora era un entretejido de troncos grises, que se superponía hasta perderse, pero incluso sin hojas, espiando por el rabillo del ojo, no llegué a distinguir nada adentro.

Después, cuando doblé por el camino engramillado y me volví a mirar el rectángulo de árboles desde cierta distancia, me pareció adivinar un hilito de humo que subía contra las nubes bajas, como si alguien ahí adentro, me imaginé, hubiera prendido una cocina a leña o una salamandra.

El invierno tala y vuelve a sembrar, dice Annie Dillard. De a poco empiezan a aparecer brotes nuevos entre los charcos y la tierra húmeda. El aromito de la huerta y el aromito del galpón largan racimos en las puntas de las ramas. Pronto van a ser flores amarillas. El pasto recién cortado y húmedo se me pega a las suelas de las botas. Verde brillante. El pasto alto. Cielos sin nubes, sin límites. Forma abierta, ilimitada.

Es un mediodía todavía de invierno. Calmo, silencioso pero soleado. Luz cálida. Desyuyo el cantero de repollos y las lechugas que sobrevivieron a las heladas. Empieza a rebrotar la menta. Las arvejas se han perdido completamente pero hay buenos puerros y buenos repollos y está empezando a formar cabeza un coliflor apenas decente. Las cebollas quieren empezar a engrosarse. Las habas, que se pasaron todo el invierno vegetando medio perdidas entre yuyos, de pronto pegaron el estirón, crecieron casi veinte centímetros, se volvieron erguidas. Me parece que están a punto de florecer.

Ha sido el invierno más llovedor en años. Estamos rodeados de agua. Los campos ya no pueden absorber ni una gota más y el agua no baja. Lo que no se mueve, se pudre. Hay barro y, por todos lados, olor a carroña, a pasto fermentado, a cosas en descomposición.

Ni bien el sol se esconde, la temperatura desciende diez grados.

Hoy, de casualidad, cuando salí de ducharme, vi mi cuerpo reflejado en el espejo del ropero. Ya no solo tengo un remolino de canas blancas en la punta de la barba, sino que ahora también los pelos del pecho se me han puesto grises, casi blancos. No todos, pero una buena parte, como una lengua de pelos albinos, demasiado finitos y raleados, bajando sobre la tetilla, del lado izquierdo.

Mucho silencio en lo del vecino. Hace días que no lo escucho, que no lo veo. No sé qué pasó con los chanchos. Tal vez se los llevaron en algún momento, cuando yo estaba en el pueblo. No se siente olor ni se ve que nadie venga a darles de comer. Le pregunto a Luiso, pero se hace el desentendido.

Para mí que están, dice. Para mí que los chanchos están. Vaya uno a saber, me dice.

Ayer de mañana, cuando terminaba de pagar en lo de Anselmo y charlábamos sobre cuándo va a bajar el agua de los campos y si por fin se terminaron las lluvias más grandes, se abrió la puerta del boliche y entró un hombre muy flaco y alto, la cara curtida, la marca de la gorra como un aro invisible apretando el pelo duro, gris. Debía tener unos sesenta y algún año, botas de goma, pantalones de jean y un pulóver marrón lleno de pelotitas.

No saludó, no dijo buen día, ni hola, ni nada.

Me miró de arriba abajo.

Vos sos el que también hace huerta, dijo.

Yo asentí con la cabeza. Sonreí.

¿Usted también tiene una huerta?, pregunté.

Él es Wendel, nos presentó entonces Anselmo.

Vos mirás siempre para adentro de mi casa, dijo Wendel. El otro día te paraste en el camino y te volviste para mirar. Te vi.

Me largué a reír y extendí la mano para saludarlo, pero él no se movió. Me miró fijo, no me devolvió la sonrisa.

Disculpe, dije mientras me guardaba la mano en el bolsillo. No quería molestarlo. Me da curiosidad nomás tantos árboles. Y que no se ve nada para adentro. Siempre me dio curiosidad, desde que llegué.

¿Te gustan los árboles?, me preguntó él.

Hice que sí con la cabeza.

No hay nada que ocultar, entonces, dijo Wendel. Si te da curiosidad, pasá cuando quieras. Estoy siempre en casa, no tenés más que abrir la tranquera. Los perros son ruidosos pero no hacen nada.

A la tarde estaba aburrido y no sabía qué hacer, así que fui a visitarlo. Del otro lado de la tranquera el camino avanzaba haciendo una curva. Más allá de los cipreses solo se podía ver el ramerío desnudo de los álamos creciendo apretados. Después, casi enseguida, el camino se abrió a un claro y apareció la casa: pequeña, de techo a dos aguas y de ladrillos, casi una cabaña con ventanas de vidrio repartido y una galería de chapa. Enseguida salieron los perros a torearme y, detrás de los perros, salió Wendel.

¡Quieto! ¡Venga acá!, les gritó y los perros dejaron de ladrar y se acercaron a olfatearme las manos.

Wendel tenía puesto el mismo pulóver marrón de pelotitas, y las mismas botas, pero no se preocupó por sacarse la gorra.

¿Viste cuántos árboles? Los planté todos yo, dijo Wendel.

Había abierto pequeños senderos entre la masa de olmos y álamos, caminitos despejados, el fondo cubierto de capas de hojas oscuras y húmedas, pudriéndose. Sin decirme mucho, me indicó que lo siguiera. De tanto en tanto me señalaba con un gesto dónde tener cuidado con alguna rama, dónde agachar la cabeza, en qué lugar apoyar el pie para saltar por encima de un tronco caído, cuándo doblar a la izquierda o a la derecha. El campo a nuestro alrededor había desaparecido por completo. Estábamos dentro del bosque. El cielo solo se veía si uno tiraba toda la cabeza hacia atrás. Nos rodeaba un silencio apretado, sordo. Lo único que se oía eran los perros que corrían más adelante, husmeaban en la base de los troncos, levantaban una pata para mearlos y, jadeando, se volvían a mirar qué hacíamos.

De a poco fui entendiendo que los senderos en el bosque armaban un recorrido. Cada uno llevaba a un pequeño abra, un rincón encorsetado de ramas donde Wendel había ido construyendo, a lo largo del tiempo, alguna marca, un hito, un lugar digno de visita o de interrumpir el paseo para sentarse un rato. Había un par de grutitas, cada una con un banco de cemento al frente: una a la virgen de Lourdes, hecha de cemento y recubierta con azulejos y espejitos partidos, otra a San Benito, que era una pequeña cabaña de madera.

En el centro de una especie de rotonda adonde desembocaban tres senderos diferentes, había un bebedero de piedra. Y unos metros más allá, rodeada de helechos secos, quemados por la helada, una réplica de la Venus de Milo sin cabeza, los hombros y los pechos cubiertos hasta la altura de los pezones por una capa de musgo muy verde y brillante, casi fosforescente entre tantos grises y marrones apagados.

A unas y a otras, Wendel me las mostró sin palabras. Detenía apenas un instante la marcha, con una inclinación de cabeza o con un gesto de la mano me señalaba la Virgen, la Venus, el San Benito. Yo me quedaba allí parado, sin saber muy bien qué decir. Wendel entonces asentía, llamaba a los perros y retomaba la marcha.

En otra zona, más profundo en el bosque, más adelante, después de tres o cuatro curvas en el camino, por entre los árboles surgió una escultura de metal y acero, abstracta. Una especie de gran círculo pulido y resplandeciente, encastrado entre unos hierros retorcidos. Del centro del círculo, oblicuo, surgía un trozo de viga herrumbrada que apuntaba hacia arriba.

Es un homenaje, dijo Wendel y se sacó la gorra y la sostuvo con las dos manos. Un homenaje a un artista amigo mío. Ya falleció.

Dijo su nombre, pero a mí no me sonó conocido.

Constructivista, dijo Wendel. Era constructivista, ruso, en realidad lituano, pero se vino a vivir acá. Tenía muchas ideas. Un hombre muy original.

¿La hizo él?, pregunté.

No, la armé yo, dijo Wendel. Es un homenaje.

Después me indicó con el brazo otro sendero. Dijo: es por este lado.

Wendel había comprado el campo hacía casi veinte años. Desde entonces vivía allí todo el tiempo, invierno y verano. Un golpe de suerte, dijo mientras seguía caminando. Vine un día de casualidad, estaba yendo a visitar a unos amigos, me equivoqué de ruta, me perdí. En ese momento en el pueblo había otro boliche, uno que después cerró, paré a preguntar. No sé por qué salió el tema de los campos y, aunque nunca había pensado en eso, pregunté si había alguno en venta.

La cantera, me dijeron. En venta está la cantera.

Ese día ni fui a verlo, pero les dejé mi número de teléfono.

A la semana me llamaron los dueños. Que les habían pasado mi número, que les habían dicho que yo quería comprar el campo.

No supe qué decirles, pero pregunté cuánto salía, cuántas hectáreas eran. Cinco hectáreas, y a un precio ridículo, hasta para mí que no entendía nada. Con esa plata en Buenos Aires no te comprabas ni una cochera. Ni pensaba en lo que hacía, me comprometí para ir a verlo al día siguiente.

Justo tenía una plata, una pequeña herencia de mi madre, dijo Wendel, y lo compré. Cuando mis hijas se enteraron, se ofendieron. ¿Que para qué lo quería?, dijeron. Qué sé yo para qué lo quería, Wendel se encogió de hombros. Para estar acá, para venir acá, para esto, dijo Wendel y señaló todos los árboles alrededor, el bosque, los troncos grises muy quietos, el sol arriba.

Ya era grande, me había separado, mis hijas una ya estaba casada, la otra estudiaba afuera. Qué iba a hacer yo allá.

Era tierra arrasada este campo, ni un yuyo crecía. Los ladrilleros, dijo Wendel. Acá estaban los hornos antes, de acá sacaban tierra para hacer ladrillos. Era la cantera. Hasta que lo consumieron por completo. El terreno era bueno, pero muy bajo, lleno de pozos, lo habían comido todo. Cuando lo compré quedaban nomás los puros huecos y las zanjas abiertas. Al final, si cuento todas las camionadas de relleno que tuvimos que meterle para nivelar, el campo salió casi el doble: dos cocheras, pero así y todo, no me arrepiento.

En ese momento el sendero por el que caminábamos hizo un giro y desembocamos en otro claro, un claro mucho más grande que el resto. Tuve que entrecerrar los ojos. Me enceguó la luz pálida del día. En el medio del claro, una huerta, canteros sin un yuyo, surcos prolijos, repollos gigantes, un espantapájaros con ropa vieja y cabeza de escoba, y en el centro, inmenso, espectacular, el sol que destellaba sobre un gran invernadero de vidrio, alto como una casa de dos pisos, con techo a dos aguas.

¿Y esto?, pregunté.

Esto es mío, dijo Wendel.

Adentro el aire estaba caliente y cargado de humedad, de tufo, gotas de sudor gordo chorreaban por el interior de las paredes de vidrio. Tres limoneros en macetas gigantes crecían en el centro, las ramas pesadas de limones apretados como un puño, de un amarillo intenso, casi fosforescente. Junto a ellos, en otras macetas, palmeras, helechos que parecían prehistóricos, un cactus que se alzaba casi hasta lo más alto del techo. El resto del espacio estaba cubierto por bancos y mesas, todos viejos, todos diferentes. Y sobre ellos, muy ordenados, siempre en fila y cubriendo toda la superficie, macetitas, potes de yogur, potes de helado, de queso crema, de flan y postrecitos, bidones de aceite cortados por la mitad, envases de tetrabrik abiertos, envases de leche, de vino, llenos de tierra. En cada uno, el brote de una planta. Con un vistazo rápido llegué a reconocer cipreses, robles, pinos, arces, fresnos.

¡Cipreses de semilla!, dije incapaz de disimular mi sorpresa y mi entusiasmo.

De cuatro o cinco tipos diferentes, me señaló Wendel con una sonrisa. Ciprés alba o albino, señaló una mesa. Acá hay macrocarpa, señaló otra. Y por acá tenés el ciprés fúnebre o llorón, que le dicen.

Y allá, del otro lado, hay casuarinas. Robles tengo de seis variedades diferentes. Y también hay ginkgos, acá en esta mesa, a la entrada.

Cultivás árboles, dije.

Wendel afirmó con la cabeza.

¿Para vender?

No, no los vendo.

¿Y entonces? ¿Para qué tantos?

Wendel se encogió de hombros.

Algún día a los ladrilleros se les va a agotar también la cantera nueva, dijo y con los dedos acarició los cotiledones todavía frescos de un fresno o un arce recién germinado.

Yo asentí.

Son semillas, dijo Wendel entonces y volvió a encogerse de hombros. Alguien las tiene que hacer crecer.

Contar historias para llenar el vacío que dejó una casa. O llenarlo con árboles.

De a poco retomo las siembras, sobre todo lechugas –hoja de roble, gallega, crespa–, mizuna roja y verde que me regaló Wendel, más rúcula, un poco de achicoria. Siembro por demás, tupido. Si no vuelve a helar, capaz sobreviven.

15 de agosto y da la sensación de que los fríos grandes ya han pasado. Todavía llueve al menos una vez por semana, pero cada día oscurece un poco más tarde.

Un ritual ancestral que celebre que los días ya se van haciendo largos. Celebraciones durante doce atardeceres, para agradecer ese nuevo minuto de luz diario.

Floreció el aromito junto a la huerta y está empezando a florecer el que está detrás del galpón de Luiso. Un incendio de flores amarillas brillantes. Amarillo patito, amarillo limón, amarillo manzana, y el que usaba Van Gogh: amarillo cadmio.

Unos de los repollos chinos se fue en flor, tiene una inflorescencia color amarillo pálido, parecida a la del nabillo pero mucho más grande. A la hora de la siesta se llena de abejas.

Viento frío. Nublado. Trasplanto más puerros, las cebollas de verdeo, cosecho algunas cebollas —las primeras— de las que sobrevivieron en el surco que habían hozado los chanchos. Almuerzo pasta con ajo y kale salteado. La huerta linda, los canteros limpios después del parate y los yuyos del invierno. Flores de rúcula, blancas, bailando en el viento, todas en hilera. Empiezan a florecer las caléndulas, bien naranjas. Las espuelas de caballero todavía no. No sé si harán algo. Nace guacho el cilantro, el perejil que ya daba por perdido se estiró y se llenó de hojas verde brillante.

Armo macetitas y siembro tomates, cuatro variedades diferentes, más los chinos del año pasado, de los que rescaté semillas. Siembro berenjenas, pimiento común y calahorra, unas semillas de chiles que compré en México cuando me invitaron a una feria hace un par de años. Acomodo las macetas en el alféizar de la ventana de la cocina, para que las caliente el sol de la tarde. Planear y fantasear con la huerta de verano.

Atardecer increíblemente tranquilo y silencioso. Largo. El aire tan quieto. Es como estar adentro de una pecera invisible, cerrada al vacío. Solo se escuchan algunos teros, lejos. Los puerros creciendo entre las hojas secas del álamo. La rúcula y las mostazas brotan enseguida. La cortina de álamos todavía no reverdece, sigue siendo puro palo gris y pelado. Sus sombras largas, larguísimas, sobre el potrero mientras baja el sol cada vez más naranja.

Camino a cerrar la tranquera. Hace frío. No hay luna, apenas algunas estrellas. Las luces de Lobos al norte, reflejándose en las nubes bajas. Las de Cañuelas al sur. Croa una rana, ¿o son grillos? Solo se escucha el ruido de mis pasos en el pasto. Camino a buen ritmo, regular, rápido. La luz de la linterna iluminando el suelo. Cuando vuelvo, un tero se pone a gritar en medio del potrerito de las ovejas. Después enseguida se calla.

¿Por qué nos enamoramos de alguien? ¿Cuáles serán, cómo se llamarán esas teclas ocultas, esas zonas secretas e inaccesibles a nosotros mismos, los receptores que se iluminan cuando alguien nos gusta?

¿Existe esa zona en lo más oscuro de nuestro cuerpo? ¿Existe esa botonera desconocida? ¿Qué nombre tiene? ¿Cómo es? ¿Por qué solo algunos olores, ciertas entonaciones de voz, ciertas formas de mirar, de moverse, solo ciertas sensibilidades y no otras mueven las teclas y son capaces de hacer sonar música?

¿Qué roces lejanos, prehistóricos, nos recuerdan esos cuerpos nuevos?, ¿ecos de qué?

¿Y por qué algunas personas nos atraen hasta la locura y otras, que *a priori* reúnen todas las condiciones (son lindos de la manera en que nos parece linda cierta gente, profundos, divertidos, simpáticos), logran despertarnos solo un ligero cosquilleo?

Y con cuánto pesar nos despedimos de ellos o con cuánta insistencia sostenemos, lo intentamos, le damos otra chance, porque nuestra cabeza dice que es la persona apropiada, pero no: los días se vuelven solo un carretear pesado que no logra levantar vuelo y no pasa nada.

¿Habré yo sido eso para Ciro? ¿Siete largos años de no lograr tocar los botones correctos? ¿Tanto tiempo dura un malentendido?

Todavía duele, pero de una manera más calma. Todavía no puedo volver a ciertas cosas. Así como me es imposible abrir el cuaderno que escribí cuando Ciro decidió que teníamos que separarnos, no puedo ni siquiera pensar en abrir los diarios de los años que pasamos juntos, releerlos, verlos en detalle.

Incluso los recuerdos que aparecen de improviso, como flashes, me demuelen si me agarran con la guardia baja. Cierto gesto que se me presenta en sueños. Ciertas sonrisas, un par de historias que contaba, un par de objetos, algunas partes o zonas de su cuerpo que de pronto recuerdo como si estuvieran frente a mí, presentes, palpables.

Un mediodía, ya vivíamos en la casa nueva. Yo había escrito toda la mañana y entonces tenía un par de horas libres antes de empezar con los talleres de la tarde.

Recorrí los negocios de siempre: tomé un café en mi bar favorito, pasé por la verdulería y compré rúcula, paltas, tomates, los primeros alcauciles de la temporada. Fui a la carnicería, traía una barra de pan fresco en el bolso que colgaba de mi hombro, volvía cargado. Bolsas en ambas manos, el almuerzo resuelto. Era un día de mucho sol, pero no hacía calor. Recuerdo perfectamente en qué vereda, frente a qué casa.

Fue un instante. De pronto, a raíz de nada, pude verme a mí mismo desde afuera y entendí que era feliz, completamente feliz. Que la felicidad era esos días, esas rutinas, esas peleas mínimas por la ropa sucia o por quién regaba las plantas, ese «yo cocino, vos lavás los platos», ese quedarse dormido mientras Ciro leía, ese planificar con alegría qué película íbamos a ir a ver al cine y cuál íbamos a bajar por torrents para mirar el viernes siguiente, fumados, después de haber cogido un rato largo.

A la falsa vid del galponcito se le empiezan a hinchar las puntas. Yemas moradas, rojizas. En unos días, nada más, ya va a volver a tener hojas.

Los hombres ya retomaron el trabajo en los hornos de ladrillos. Hoy pasé y en el picadero giraba un tractor, mezclando el barro. Todavía no vi cortadores, pero las retroexcavadoras ya andaban haciendo huecos al fondo, sacando tierra, cavando.

Al llegar al pueblo, justo antes de la plaza, unos sauces otra vez verdes. A los álamos plateados junto a la capilla les brotaron como pompones en los ojos de las yemas, pompones blancos, suaves como capullos de seda, aterciopelados.

Semillaron los kales. Algo triste en eso, una etapa que se termina.

Día hermoso. Fresco. Ventanas abiertas. Un cielo tan azul que deslumbra. Todo calmo. Silencioso. Zurean las palomas. De tanto en tanto, un abejorro. La quietud. La galería fresca. El sol que cae a pique sobre el campo pero no quema, apenas si calienta.

De pronto, una ráfaga de viento.

Le pongo tutores a las espuelas de caballero. Las semillas no eran buenas, brotaron pocas y solo sobrevivieron cuatro o cinco. Corto al ras casi todas las acelgas porque varias amenazaban con largar vara e irse en semilla. Con un poco de suerte, darán una nueva tanda de hojas antes de pasarse.

Mariposas naranjas con pintas negras. Muchas, en la huerta, junto a las abejas rondando los kales florecidos.

Un fracaso la cosecha de brócolis. Ocupan mucho espacio y dieron apenas dos o tres ramilletes mínimos. Uno ni siquiera armó cabeza. Los arranco y no guardo semilla porque no vale la pena. Habrá que cambiar de variedad el año que viene. Le voy a preguntar a Wendel si conoce alguna buena.

Las habas fueron otro fiasco. Se llenaron de pulgones (dos veces). Vegetan ahí, sin ir a ningún lado y algunas varas empiezan a ponerse negras y secarse. Las arranco sin que hayan llegado a dar chauchas. ¿Será que las sembré muy temprano? ¿O las afectó tanta agua?

De los repollos colorados hay tres o cuatro que se niegan a armarse. La variedad Red Express funcionó mejor. Tres tienen lindas cabezas ya formadas y duras. A otro le agarró la misma peste de pulgones que había tenido uno de los primeros. Lo corto y lo tiro a la fosa, para quemarlo. De los repollos corazón de buey hay uno que está para cosechar. A los otros seis todavía les falta.

La glicina florece a rama desnuda. Racimos cargados y largos, como crestas caídas entre las ramas. Un color increíble, a medias celeste y a medias violeta. Mientras leo con la puerta abierta, por momentos el aroma de sus flores se cuela en la casa y llega apenas diluido hasta el sillón. Es como un vapor. Muevo la cabeza, con la nariz lo busco en el aire, pero ya no lo encuentro. Desaparece enseguida.

Luiso llega con la noticia.
Vendió los chanchos, dice y señala para el lado del vecino.
Anda contando que es porque se cansó, pero la verdad es que ya no tenía ni maíz para darles. Nadie le quería fiar.

¿Y qué va a hacer ahora?

Luiso se encoge de hombros.

Quién sabe, dice.

¿Tu hermana?

Entró a trabajar de portera en una escuela, mi hermana, dice Luiso. Está contenta.

Cuando camino en contra del viento, el viento zumba en mis oídos y puede llegar a ser ensordecedor. Abre el pelo en dos, ofrece resistencia, para avanzar tengo que inclinarme hacia delante. En cambio, si me vuelvo y camino a favor del viento, todo es rapidez y silencio.

Me gusta ir en contra para sentir que me abro paso.

Pero también me gusta ir a favor para sentir el silencio, el leve empujón del viento en mi espalda como un premio, una recompensa después del esfuerzo.

Los loros empezaron a armar sus nidos en la parte más alta de los eucaliptos. Van y vienen todo el día, gritoneando y acarreando ramitas.

¿Y vos qué hacés acá?, me preguntó el otro día Wendel, cuando fui a llevarle semillas de los tomatitos chinos.

Me encogí de hombros, no dije nada.

¿Cuántos años tenés?

Cuarenta y dos.

Wendel levantó la cabeza, me miró.

Sos demasiado joven todavía para quedarte acá, dijo.

Bajé la vista.

No sé, dije.

Yo sí sé, dijo Wendel y se puso a hacer algo con la azada, abrir mejor un surco, arrancar un yuyito bien de cuajo.

Todavía no estoy preparado para irme, dije.

Wendel asintió.

Pero lo mejor es que te vayas, dijo.

No encontraba camiones para traer mis cosas, el año pasado, antes de venirme para acá, cuando acababa de alquilar la casa y empezaba a organizar la mudanza. Tenía que desocupar el departamento de mis amigos cuanto antes, porque la parejita con dos hijos que lo había alquilado quería instalarse enseguida. Yo llamaba a todas las empresas de mudanza que encontraba por ahí y les explicaba que el último tramo eran veinte kilómetros de camino de tierra: en ese momento exacto, todas desistían o se excusaban. La única que pasó un presupuesto quería cobrarme una fortuna.

Le comenté lo que pasaba a Luiso, un día que vine a limpiar y sembrar las primeras cosas en la huerta, y él me habló de los camiones de la cantera. Me pasó el teléfono del encargado.

A lo mejor le interesa hacer una changa, dijo.

Llamé y enseguida nos pusimos de acuerdo. El precio estaba bien, podía pagarlo. La única condición era que había que hacer la mudanza un domingo, porque era el día que no trabajaba.

Le avisé a Ciro y le pedí que por favor embalara todas mis cosas, pusiera mis libros en cajas, envolviera en papel de diario todo lo que había ido juntando y creciendo con los años.

Hasta que estuvo estacionado al frente de la que era nuestra casa, no entendí que el camión que me habían ofrecido era un camión volcador. La parte trasera –el lugar donde iban a viajar mis bultos– era solo una caja metálica, de esas que se levantan hacia atrás gracias a un gato hidráulico, para que la tierra caiga. Ni siquiera tenía compuerta. Tampoco había lonas para tapar las cajas con libros o las bibliotecas, no había de dónde agarrar las sogas con que atar los sillones para que no se volaran. Antes de empezar a subir las sillas, barrí el piso metálico con una escoba y dejé caer a la calle los restos de arenilla y tosca del último viaje.

El camión era altísimo, el piso de la caja quedaba casi a la altura de mis ojos, así que subir los bultos fue un puro hacer fuerza de brazos. Ciro me ayudó sin decir una palabra. Vi el gesto que hizo cuando descubrió el tipo de camión del que se trataba, pero no dijo nada.

Lo peor fue subir la heladera sin voltearla, bien parada, para que no se le escapara el gas del enfriado.

Antes de salir le pedí al chofer que tuviera cuidado, que no se le ocurriera por descuido tocar la palanca que levantaba hacia atrás la caja trasera, o todas mis ollas, mis platos, mis cuadernos, mis muebles y mis libros iban a terminar desparramados en medio de la ruta.

Lo dije como un chiste, pero él me miró muy serio y dijo que sí, que tenía que tener cuidado, que no fuera cuestión de que en un descuido le pasara.

Seguí al camión con mi auto, veinte metros más atrás, todo el tiempo. Íbamos a sesenta en la ruta. El viaje fue eterno. Al final de la tarde, cuando bajamos al camino grande que lleva a Zapiola, vi cómo una nube de polvo surgía de las ruedas y se elevaba tras la cola del camión, vi cómo mis cosas se llenaban de tierra: polvillo para siempre impregnado en mis libros, en mis bibliotecas, polvillo sobre mis platos y mis cubiertos, polvillo llenando los almohadones de mis sillones, el asiento de mis sillas, el tablón de mi escritorio, mi ropa, mis almohadas.

Cuando llegamos, tres de los ladrilleros nos estaban esperando y nos ayudaron a bajar los bultos y dejarlo desparramado por cualquier lado, en el centro de las habitaciones vacías, sobre el piso de baldosas, en esa casa en medio del campo.

Esa primera noche me la pasé lavando copas, vasos, ollas, sartenes. Con un trapo húmedo limpié los estantes de la alacena y designé lugares para cada cosa: un estante para los víveres, un rincón para las especias. El primer cajón siempre para los cubiertos, repasadores en el segundo, cajón de cualquier cachivache que se acumule por ahí y uno no sepa dónde poner, el tercero.

Empezar la vida en otro lado.

No había nada, al principio. Cuando el primer Juan llegó a la pampa.
No había árboles, no había nada.

No había sombra, no había protección, no había reparo.
El aire y el viento llegaban de lejos, tomaban impulso en la distancia, golpeaban fuerte, cargados.

El primer Juan tenía que hacer fuego con palos de cardo, con paja, o bosta seca de vaca.

Eran fuegos débiles, que constantemente había que cuidar para que no se apagaran.

No alcanzaban ni para calentar la pava.

Había tierra y había agua, pero no había ladrillos con los que hacer casas. No había leña para cocinarlos.

El primer Juan se armó un rancho de barro. Cortó rectangular y ancho el adobe y lo dejó secar al sol por semanas, rogando que no tronara ni del cielo cayera una sola gota de agua.

Un pequeño rancho a cuatro leguas del pueblerío más cercano. Un pequeño rancho en medio de la nada. Dos perros. Tres caballos.

Una gente de Perdices lo dejó ir a cortar estacas: ramas largas de sauces, como de un metro, de las que enterró cuatro o cinco nudos, para que se hicieran gajos.

Las puso en línea recta, espaciadas a quince metros una de otra, así mientras crecían y se engrosaban, también servían de poste para los alambrados.

Cada día el primer Juan caminaba a lo largo de la línea, ochocientos, novecientos metros y acarreaba baldes para regar las estacas. Se arrodillaba junto a ellas, miraba de cerca las yemas, las tanteaba con el dedo, buscaba a ver si brotaban.

Las cuidaba de las hormigas, de las langostas, de los gusanos. De noche salía a cazar caracoles con un farol y un tacho.

Las cuidó, en invierno, de las heladas. Las tapó con

trapos. Cuando se hicieron más grandes, les enrolló en los tronquitos arpillera en pedazos.

Y mientras tanto, allí estaba, mirando el campo. No valía la pena mandar a Italia ninguna carta: no se lo iban a creer, si lo contaba. No había, tampoco, a quién mandarle.

El tiempo lentísimo en que crece un árbol. Se va la vida esperando.

Hasta que un día, por fin, se puede clavarle el hacha, tumbarlo, prender el horno, hacer ladrillos, construirse una casa.

Es la semana de las coronas de novia. Florecieron todas. El resto del año son arbustos apenas anodinos, ahí, al lado del gallinero y, de pronto, un día, se transforman. Grandes bolas blancas, las ramas inclinadas por el peso, formando arcos, una lluvia de pétalos minúsculos salpicados sobre el pasto.

Ya se pasó la glicina. Ya le brotaron las hojas. Apenas si le quedan algunas pocas flores pero perdidas entre el verde.

Con el calor, las zanahorias del otoño empezaron a largar vara. Todavía quedan unas cuantas para comer. Las que sembré el mes pasado vienen lentas. Nacieron un poco raleadas, pero bien. Tendría que haber sembrado antes. Entre que se terminen las viejas y las nuevas empiecen a dar, tal vez pase un tiempo. Mes o mes y medio de faltante de zanahorias en la huerta. En el almuerzo, primera ensalada con las lechugas nuevas. Mostazas y mizuna y lechuga gallega. Todo de raleo. Las yemas hinchadas y rojas de la falsa vid ya se transformaron en hojas brillantes, con tintes rojizos y base color verde manzana.

El camino de atrás tapizado de algo que parece manzanillas silvestres. Muchísimas flores blancas, con el centro amarillo. Efecto escénico, como en una película. Todavía queda agua en los campos. Menos que antes, pero queda. Se la puede ver corriendo en la cuneta. Se acelera donde hay pendiente. Lentos van bajando los charcos y se empieza a ver la gramilla abajo, aferrada al suelo pero flotando en el agua turbia, como esqueletos de medusas formando velos, que la correntada mece. Poco a poco, el agua drena. Empieza a haber mosquitos.

Los *hits* de la temporada otoño-invierno fueron los kales, las zanahorias, los puerros.

Fallaron las arvejas, los coliflores, las habas. Flojos los brócolis. Apenas si vinieron las espuelas de caballero. Para el año que viene quiero conseguir semillas de amapolas. Tengo que preguntarle a Wendel.

Donde estaban los brócolis y los coliflores, siembro la primera tanda de chauchas enanas de la temporada. El verano pasado dieron mucho y ahora les tengo cariño: no son exigentes, no ocupan mucho espacio y cargan una buena cantidad.

Para las chauchas de enrame voy a esperar a que pase un poco el frío.

Mientras tanto, donde estaban las habas siembro zinnias, cosmos, más escabiosas, más acelga, de nuevo remolachas.

La huerta llena de abejas y caléndulas. Armo un ramito y lo pongo en un florero. Limpio el escritorio, lo despejo, guardo en una caja los cuadernos viejos, las notas. Pongo el florero al medio.

Primeros días de bermudas y mangas cortas. Las hojas nuevas de los álamos, un verde húmedo y carnoso, brillante, frágil. Se marcan si las aprieto entre el filo de las uñas. Cuando era chico dejaba mensajes en las hojas «escribiéndolas» con las uñas. Cada pellizco entre el filo era el palito de una letra. Un pellizco para el palito vertical de la E, tres pellizcos para los palitos horizontales. FEDE.

SEPTIEMBRE

Lo más difícil son los finales, dice Hebe Uhart. Siempre es difícil despedirse de alguien que se quiso mucho.

Amar la forma es amar los finales, dice Louise Glück.

Esa última charla con Ciro, ese día en el bar, yo ya vivía en el departamento prestado, ya tenía decidido mudarme al campo.
Todo lo que dijo Ciro.

Dijo: algo tenía que romperse, estábamos estancados, necesitaba estallar.

Dijo: vivíamos en una fortaleza, nos creíamos autosuficientes.

Dijo: en algún momento, no sé cómo, el refugio se convirtió en una jaula.

Dijo: crecimos juntos, nos equivocamos juntos, caímos juntos en todas las trampas, nos vimos en nuestras oscuridades. Es difícil aceptar que alguien nos conozca tanto.

Dijo: a veces uno necesita cambiar, no soporta tener testigos de lo que fue.

Dijo: me agobiaba, me daba ansiedad, me daba miedo, siempre me quise escapar y luchaba contra eso, hasta que no aguanté más.

Dijo: vos sostenías tanto nuestra relación que yo no encontraba manera. Entonces te vi caído, a metros del abismo. Era mi oportunidad y no lo pensé dos veces: te empujé.

Dijo: yo no puedo ser tu familia, vos ya tenés una familia.

Dijo: qué importan las formas, qué importan las maneras, fueron las únicas que encontré.

Dijo: las formas fueron burdas, terribles, pero las formas son lo de menos.

Dijo: fue tan grande la unión que no podía más que romperse.

Dijo: está bien que a veces las cosas se caigan, así aparece otra cosa, así se le da lugar a algo nuevo.

Dijo: había que separarse para que cada uno pudiera ser uno mismo.

Dijo: yo sé que vas a estar bien.

Dijo: te pido disculpas, perdóname.

Dijo: nunca más voy a conocer a alguien como vos, a alguien con quien me pasen las cosas que me pasaron con vos.

Dijo: fue tan grande la unión, que siempre vamos a estar unidos.

Dijo: ahora cada cual va a seguir con su vida y algún día, dentro de muchos años, por casualidad nos vamos a cruzar a algún lugar, en algún cumpleaños, en la presentación de algún libro, un lugar con mucha gente, y nos vamos a mirar por sobre todas las cabezas, y nos vamos a saludar con apenas un gesto y no va a ser ni siquiera necesario hablar.

Dijo: yo voy a saber todo de vos. Vos vas a saber todo de mí. Siempre vas a ser la única persona en el mundo que me conoce de verdad.

Yo dije: fuimos dos / fuimos los dos.

Yo dije: ya no sos más mi compañero, ahora ya no me acompañás.

Brotaron las hojas, el viento volvió a murmurar en la cortina, volvieron a sonar los álamos con cada ráfaga.
Cimbran en el viento. Son árboles elásticos.

La corona de novia sigue floreciendo y floreciendo, pero cada vez hay más pétalos caídos a su alrededor. Duran apenas un rato. Enseguida se retuercen y se ponen amarillos, como si se oxidaran, igual que las manzanas.

Se hace de noche. Voy a cerrar la tranquera. Al escuchar mis pasos, las dos liebres saltan y disparan por el potrero.

Primeras, pocas, luciérnagas en el campo.

Cosecho en la huerta el último repollo colorado. Cabeza pequeña pero apretada. Lo corto en tiras bien finitas y las dejo en remojo. El agua se tiñe de un color profundamente azul, casi añil. El mismo tinte azul grisáceo que tenían las hojas en el invierno. Lo como en ensalada.

Trabajamos todo el día con Luiso en la huerta, sin descanso. Punteamos dos canteros nuevos para poner los tomates y otros dos más para los pimientos y las berenjenas. Decidimos ir a medias, hacernos socios con la huerta de verano. Él dice que yo tengo mano verde, que la tierra en su casa no es tan buena como acá. Y a mí también me viene bien, así si tengo que salir, irme unos días de viaje, pasar algunos días de la semana en Buenos Aires, Luiso se encarga de regar.

Punteamos y cavamos y, en un momento, Luiso se paró a descansar.
¿Qué vamos a hacer con tantos tomates?, dijo y con el antebrazo se secó la frente.

Sesenta plantines de tomate. Veinte de berenjenas.

Catorce de ajíes. Diez más de chiles y ninguno de los dos come picante.

En casa soy nomás yo y mi señora, dijo Luiso. A la nena mía no le gusta el tomate, ella no lo come.

Yo me encogí de hombros.

No sé, Luiso. No sé, le dije. Más adelante ya se verá.

Armar un dibujo: atar entre sí todos los cardos de un potrero, de uno a otro, con un piolín bien largo, de color rojo, para que contraste con el verde.

Los que haya. En cualquier orden. Atar los cardos. Los que uno quiera, los que pueda, los que llegue a ver, y que salga lo que salga.

A la tardecita, saco la reposera y me pongo a leer debajo de los eucaliptos. Le abro a la gallina para que ande un poco suelta. No le presto atención y me concentro en el libro.

Un silencio lleno de pájaros. Los loros que en los eucaliptos siguen armando sus nidos. Palomas que zurean. Otros pajaritos. Un chimango que sobrevuela y termina posándose sobre una de las esquinas de la casa.

Los jazmines del país llenos de pimpollos a punto de florecer. Olor a jazmín, a lavanda, el olor dulzón de las flores del paraíso.

En segundo plano, alrededor, siempre cerca, escucho a la gallina que escarba, cloquea bajo, como hablando sola, o consigo misma, con las patas busca entre la gramilla.

De pronto, se le escapa una nota aguda, casi un graznido. Cacarea alto, como sorprendida o asustada.

Me doy vuelta a ver qué pasa.

Ha puesto su primer huevo, ahí, caliente, sobre el pasto.

Atarse a algo.
A una huerta, un bosque, una planta, una palabra.
Atarse a algo que tenga raíz, anudarse para no perderse en el viento que sopla sobre la pampa y llama.

Algunos, cuando la vida se les desarma, vuelven a la casa de sus padres. Otros no tienen dónde volver.
Yo volví al campo.

Armé una huerta para llenar el vacío.
El ancho tiempo vacío.
El tiempo sin narrativa, sin historias. El tiempo del llano.

Me siento en el escritorio. Corro hacia un costado el ramito de caléndulas naranjas.
Abro el cuaderno. Miro mi letra. Todo lo que he escrito en estos meses, en este tiempo del campo.

Poner una palabra detrás de otra solo como una manera de estar.
Contarse una historia para tratar de estar en paz.

AGRADECIMIENTOS

«Al fin y al cabo no somos más que personajes en busca de una trama que le dé sentido a la historia, tratando de identificar la narrativa en la que estamos inmersos» parafrasea una idea de Lauren Berlant.

«No hay nadie más indeseable que aquel a quien se deja de desear» es una frase de Alejandro Dolina.

«Y por momentos la ficción es la única manera de pensar lo verdadero», parafrasea una afirmación de Alexandra Kohan.

«*Eventually soulmates meet, for they have the same hiding place*» es una cita de Robert Brault.

Una invitación de la Cátedra Abierta en homenaje a Roberto Bolaño de la Universidad Diego Portales me permitió poner por escrito algunas ideas que esta novela retoma. Gracias a Álvaro Bisama, Rodrigo Rojas y Cecilia García-Huidobro por la convocatoria.

Gracias a Francisco González Táboas por aclarar mis dudas y responder mis consultas sobre aves y fauna nativa y gracias a Rodrigo Valdez por hacer lo mismo respecto a las formas de representación divina en el Antiguo Testamento. Fragmentos de ese pasaje siguen casi al pie de la letra sus palabras.

Gracias al grupo de los martes y al grupo de los miércoles, por la posibilidad de pensar juntos el escribir.

Por las lecturas, las sugerencias y la amistad, gracias a Juliana Marcos, Candelaria Luján, Gonzalo Segura, Virginia Higa, Gerardo Jara, Sandra Sternischia, Verónica Maggi, Leonora Djament, Jennifer Croft, María Nicola, Cecilia Moscovich, Ruth Guzmán, Exequiel Crespo, Luciano Lamberti, Pablo Natale, Ana Monyu Roldán, Juan Manuel Silva, Diego Zúñiga, Luis López Aliaga, Claudina Vissio.

Gracias a Manolo Duarte Inchausti, Lilia Lardone, Ana Domínguez, Victoria Carranza, Soledad Urquía y Santiago La Rosa.

Y gracias a Guille.

ÍNDICE